热的汤，软的面包
以及我们的小餐桌

最近发现，很多小区公共区域，或者是社区便利店门口会放好多旧椅子。老头老太醒过来就到各自的椅子上坐下谈天。有时候看他们就那么坐着，也不说话。我在想，是不是老了就要这样，在某个地方放下一把椅子，当作是在这个世界上的位置。

　　那么，年轻的我们现在唯一要做的事情，就是去家具店为老迈后的自己挑一把最喜欢的椅子。仅此而已。

　　和大家共勉。

坐在房间深处的周存趣,像困在塔楼里很久很久,然后有一天变成从窗口放下自己的长发邀他上楼的莴苣姑娘。这位"莴苣姑娘"跟他说,希望他能帮忙带他下儿趟楼试试。他想要在十一月参加外婆的八十大寿。

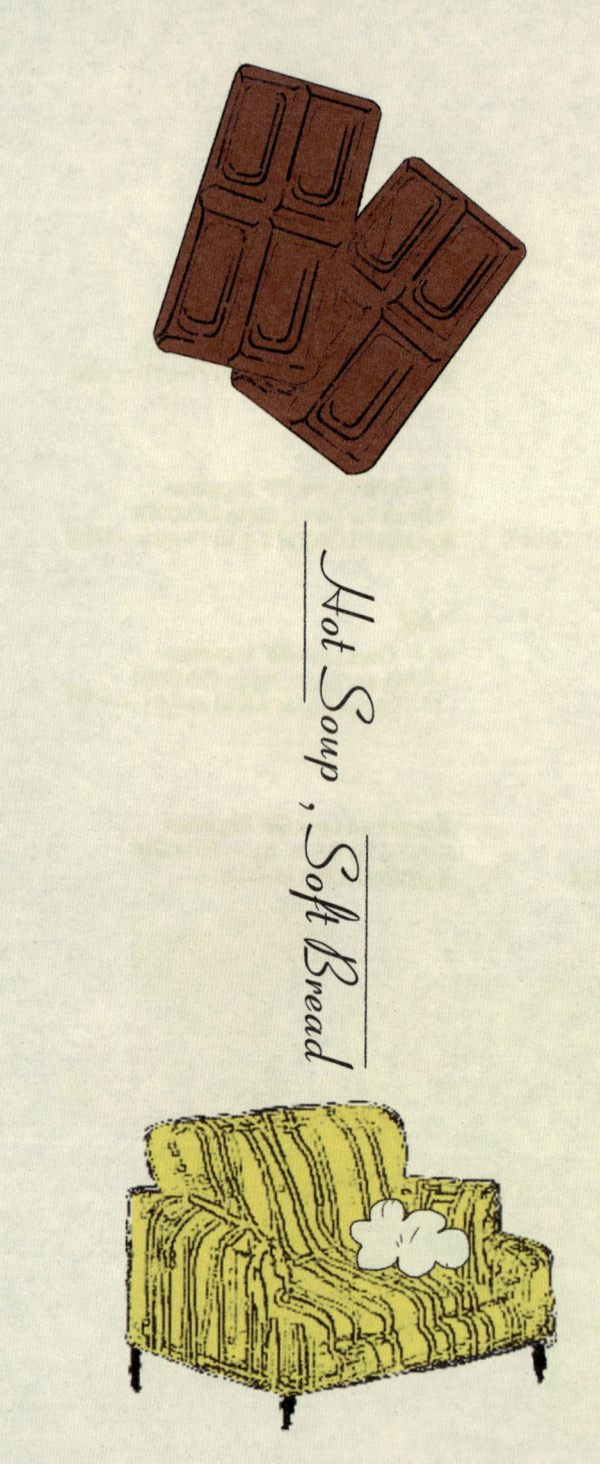

Hot Soup, Soft Bread

目录

蘑菇力 ...... 001

泡面加蛋 027

豆浆油条 ······ 049

野葱炒饭 ······ 071

稚茸炊饭 ······ 091

番外 ······ 106

爱可以只是外婆记得
给他买蘑菇力

♥moguli♥

蘑菇力
MOGULI

热的汤，软的面包

[1]

刘小英今年七十九岁，身高一米五左右，退休前在城南实验小学担任副校长。她的手和脚都胖乎乎的，当时正拉着一辆大红色的小推车，慢吞吞地走在人行道上。

她转头看了一眼礼让行人的公交车，然后突然栽倒在路上。

当时在公交车驾驶位上目睹这一切的钟邱沿差点大喊："不是吧，现在碰瓷是这样的吗？"

但其实，刘小英一生刚正不阿，绝不会做碰瓷这种事。她那天只是低血糖发作，于是晕倒在路边。七十九岁的骨头摔那么一下，就摔坏了一条胳膊。

刘小英醒过来的时候，发现自己已经在一家医院里。胳膊打完石膏之后，钟邱沿左手扶着老太太，右手拎着小推车，把她送上了出租车。刘小英一生要强，气鼓鼓地说："我就是伤了条胳膊，腿脚可好，你……"

钟邱沿说："你刚用你那可好的腿脚栽在人行道上了呢。哎哟，路边几个老头赶紧冲过去救漂亮老太太。我说我这趟车反正马上开完交班了，还是我救你一下比较保险。老头万一抬你的时候把腰闪了。"

刘小英脸红了一下，靠坐在座位上嘟嘟囔囔。到了家楼下，一生要强的刘小英坚持不让钟邱沿再扶了。于是她在楼梯上慢吞吞地挪，钟邱沿拎着小推车跟在她后面。老太太边走还边喊："你不要催我啊，这台阶比较高的，你有没有看到？"

钟邱沿无语道："我没催你啊，刘小英。"

老太太转头怒骂："没大没小。"

两个人一路打着嘴仗，在楼梯上无比缓慢地挪移了一个世纪。好不

002

容易挪到五楼，刘小英哆哆嗦嗦地从口袋里翻出钥匙开门。

那是钟邱沿第一次走进刘小英分配的这套教师公寓，面积有八十多平方米，两间卧房。屋子里的家具虽然已经过时，但打理得十分干净。刘小英踮起脚把钥匙挂回玄关的挂钩上，走到餐桌边掀开保温罩看了一眼，里面的饭菜没人动过。那时挂钟已经敲过了晚八点。她捧着一只打着石膏的手，靠在餐桌边安静地待了一会儿，转头问钟邱沿："你吃饭了吗？"

一生致力于美食研究的刘小英做饭很好吃，钟邱沿捧着饭碗埋头吃得特别香。

刘小英坐在餐桌另一侧，捧着自己的石膏手。钟邱沿背后的墙边放着一张矮柜，上面摆满了奖杯和奖状：先进工作者刘小英，除了她自己的，还有她那死老头。矮柜顶上放着一个小相框，里面是两位老人和一个十来岁的小男孩的合影。

刘小英最近常常盯着这张照片发呆。

算起来，小男孩今年应该满三十一岁了。两年前，差不多是现在这个季节，外面有时晴有时雨。那天下午，刘小英去上老年大学的书法课，走到三楼的时候，发现外面正淅淅沥沥地下着雨，于是返身回去拿伞。那段时间，她已经开始健忘了。等走到五楼的时候，已经忘记自己要拿什么了。她扶着墙，艰难地思索着，等到雨帘落下来的时候，她终于记起自己是要拿一把伞。

刘小英那天夹着雨伞，又气又沮丧地往楼下走。在她走到一楼楼道口，倚在防盗铁门边上，撑开银行送的那把晴雨伞的时候，看到自己二十九岁的外孙周存趣像一袋垃圾丢在防盗门外面。雨下得非常大，他仿佛无知无觉地垂头坐在地上，全身已经湿透。

刘小英后来总是自责，她的伞拿得太迟了。等她把雨伞伸到外孙头

003

顶上方的时候，他已经在外面被伤得再无生气。

他抬头对她说："外婆，我不行了。"

那是两年前的事。这两年周存趣住在刘小英这里，除了夜里可能会在家里四处走动一下，其余时间一直待在房间里。他不再和除刘小英之外的第二个人说话、来往。

开头的一年，刘小英还试图和他沟通，强硬的方式、示弱的方式，都没有用。周存趣不说发生了什么，也不肯出去面对世界。

周存趣的父母，周铭和齐兰香，上门来闹过。周存趣的朋友也来找过他。他永远待在房间深处闷头睡觉。周铭走之前，指着周存趣说："就这点事，你就成这样了？你有什么用啊？"

刘小英走上前，打了周铭一巴掌，说："你再敢指着我外孙骂一句试试。还有，你们俩再敢踏进我家门试试。"

刘小英坐在餐桌边叹了口气。钟邱沿嘴巴里塞得鼓鼓的，举起大拇指，说："刘小英，你做饭真好吃。"

刘小英忍不住笑叹了一声。

餐厅头顶的吊灯已经不太灵敏，灯光有些暗黄。钟邱沿洗完碗，顺便帮刘小英把灯泡换掉了。他想把红色小推车里买的生活用品也倒出来帮刘小英分门别类放起来，小推车里骨碌碌滚出来好多盒蘑菇力。

钟邱沿叫道："不是，你这老太太，你血糖高怎么还吃这么多巧克力饼干啊？"

刘小英一只手叉腰嚷嚷："我就吃巧克力饼干！"

钟邱沿走前在玄关边换鞋边说："别吃蘑菇力了刘小英，下次再栽倒在路边怎么办？"

刘小英倚在门边，低头看着自己受伤的那只手，小声说："是啊，下次我再栽倒了怎么办。"

钟邱沿愣了下，抬头说："我没别的意思。"

刘小英笑了下，说："那是买给我外孙的。"

钟邱沿还在穿鞋，没听清，又抬头问她说了什么。

刘小英的眼泪不受控制地溢出了眼眶，她说："是买给我外孙的，他爱吃。"

[2]

第二天一大早，六点不到，钟邱沿就站在亲亲家园三单元五楼门口，边敲门边喊："刘小英女士，我帮你买好今天的菜了！"

钟邱沿敲了两遍门都没人开。他怕刘小英在屋里出了什么意外，于是开始加大力度敲门。过了不知道多久，门终于开了。门是开了，但没有人说话。钟邱沿推门进去的时候，一个瘦瘦的人站在玄关口，头发披到肩上，身上穿一套深灰色睡衣。他仿佛是自己的一个影子，映在玄关地毯上。

钟邱沿拎着一大袋菜愣在那里。他们两个就么站着。过一会儿，刘小英在楼下锻炼完走到家门口，钟邱沿对着玄关口的人问出了第一句话："你是男的还是女的？"

刘小英跳起来在他头上打了一下，骂道："你是笨蛋还是白痴？他是我外孙。"

钟邱沿痛叫了声，和刘小英解释："不是，哥头发那么长，而且好白好美啊。"

刘小英说："什么美，是帅气，我宝贝外孙好帅气。"

钟邱沿再回头的时候，周存趣已经闪回自己房间里了。

中午吃饭时间，钟邱沿帮着刘小英摆好碗筷，特别自然地推开周存趣的门，叫道："哥，洗手吃饭。"

钟邱沿后来回忆起来，觉得他是第一次感觉一个人的房间散发着石头与水草的气息——房间里头摆满了一摞摞的书，没有开灯，没有拉开窗帘。周存趣在床头小夜灯边上抱着一本书抬头看他。

钟邱沿"哇"了一声，忍不住蹲下来摸了摸门口的书，说："真好啊。"他问周存趣，"哥，我能进来参观一下吗，不弄乱它们。"

周存趣还是没说话。

于是在两年之后，终于有人走进了周存趣的房间。那个人艰难地走到床边，靠着床坐到了地板上，向周存趣介绍自己："我叫钟邱沿，是开公交车的。我现在负责开188路，坐过吗？就是会路过市美术馆的那一趟。"

周存趣还是没什么反应。钟邱沿像突然悟了一样，手舞足蹈地，不知道是在做手语还是在干吗，然后嘴巴配合着说："你是不是听不到？还是，嗯，不会讲话？"他见周存趣没反应，又动作夸张地表演了一遍。

刘小英在外面喊钟邱沿，钟邱沿跳起来，在周存趣手里那本书上轻轻弹了一下，说："我先出去了，刘小英在发什么火啊。"

房间重新沉寂下来，过了不知道多久，周存趣对着空气说："没，坐过。"

[3]

傍晚七点多下了班，钟邱沿等在城东菜场的烤鸭店门口。旋转烤箱里几只油滋滋的烤鸭坐着生命中最后一圈旋转椅。这几天台风过境，雨连绵不断。

钟邱沿摘下鸭舌帽，盯着壁挂电视里的晚间新闻发呆。听说玫瑰园二期烂尾了，听说人民医院里有病人误食了隔壁床病人的药，于是昏迷不醒。

钟邱沿从老板手里接过半只切好的烤鸭，眯眼睛笑着说："谢谢。"他开车到亲亲家园，想把烤鸭带去给刘小英和周存趣加餐。

钟邱沿在楼下停好车，住三单元二楼的一对双胞胎老头坐在别人的车库门口下围棋。两个人边下边八卦刘小英家的事。钟邱沿拎着烤鸭挤上去听。两个老头扇蒲扇的频率一模一样,一个说话,一个就会重复一遍。

"对咯,都两年不出门了,出大事。"

"对咯,出大事。"

钟邱沿蹲下来问:"为什么两年不出门?"

老头摇摇扇子,说:"听说以前是个建筑设计师,可能闹出了点事。"

"可能闹出点事。"

钟邱沿捧着烤鸭盒子继续问:"闹出什么事?"

老头落下一颗黑子,另一个接上一颗白子,说:"不清楚哇,你知道吗?"

"不清楚哇,你知道吗?"

"不知道。"

"不知道。"

钟邱沿又问:"然后就两年都没下楼了?"

老头点点头,说:"没见过下楼。"

"真没见过下楼。"

钟邱沿站起身要走的时候,老头拉住他问:"哪来的烤鸭?"

"烤鸭哪来的?"

那天,钟邱沿跑上楼,刘小英一个人坐在沙发上单手叠着衣服。她已经吃过饭了,餐桌上的保温罩底下留着钟邱沿和周存趣的饭。钟邱沿把烤鸭搁在桌上,问着:"哥也还没吃饭吗?"

刘小英扭头看了他一眼,说:"吃你自己的饭。"

钟邱沿坐下来咬着红烧肉又夸了一遍:"刘小英,真好吃。"他吃过饭洗掉碗之后,挤到沙发边上帮刘小英叠衣服。

外头的雨越下越大。

刘小英忽然说:"他的胃口时有时无,有时候好几天不吃晚饭的。"

钟邱沿叠着周存趣换下来的那件灰色睡衣,"哦"了声。刘小英停下手里的动作,望着电视机屏幕,说:"有时也不睡觉。"

周存趣确实常睡不着。他夜里就在刘小英的屋子里走来走去,然后坐在阳台的躺椅里发呆。

同样的,客厅茶几上会留好给他买的蘑菇力饼干,沙发上放一床小毛毯。刘小英做了一辈子老师,有四个儿女,有许许多多的学生和同事、朋友。但是自从周存趣住进来之后,刘小英也不叫他们来家里了。

只有上周,阿姨来跟刘小英商量她八十大寿的事情。那天晚上,刘小英坐在沙发上,身上盖着那床毯子。周存趣出去倒水的时候,外婆披散着头发,眯眼睛笑着问他:"外婆大寿的时候,你会和外婆一起去吗?"

周存趣拿着水杯愣在餐桌边。

刘小英摇摇头说:"不去也没关系。"

周存趣在沙发上坐到凌晨两点,把那床毯巾盖到了自己身上,拿起了一盒蘑菇力。蘑菇力的盒子上第一次贴上了一张便条:哥,我是钟邱沿。你打开茶几第一格抽屉。

周存趣弯身打开了第一格抽屉,把里面的东西取出来。盒子顶上同样贴了一张便条纸:哥,我把我的面包超人小夜灯送给你。我睡不着的时候,就会打开它。

周存趣把夜灯按钮打开,面包超人通体发光,投到地板上的光像细碎的星星。周存趣抱腿盯着地上的碎光发呆。

第二天晚上,周存趣在冰箱门上发现一张纸条。钟邱沿说:我和刘小英特制了一款雨季特供饮料,客人,请拉开冰箱门品尝。

周存趣真的乖乖拉开门,倒了一杯果汁。他咂摸了半天,感觉里面像是加了香梨、牛油果、奇亚籽。周存趣靠坐在餐桌边喝完果汁,又去阳台上坐着发呆。

过了这么多天,他其实只和钟邱沿这个人打过那么一次照面。钟邱沿长得蛮高大,眼睛是那种天生的笑眼,笑起来会让人觉得他真的是很开心的。

第三天的晚上,他会在阳台的茶叶罐上看到便利贴:你喜欢睡莲吗?

周存趣不知道钟邱沿干吗要问这个。下一个晚上,他在餐桌上看到一小束紫睡莲。刘小英是不会浪费这个钱买花的。钟邱沿在花瓶瓶身上贴了纸条说:这是我爸妈的花圃里自己种的,最近刚到花期。等白天的时候,它就会开花,你记得出来看看。

周存趣抚了抚睡莲的叶瓣。他几乎要忘了一朵真实的花摸起来是什么感觉了。那天晚上,也是周存趣第一次知道,紫睡莲闻起来很香。

第二天清早,刘小英起床之后就把紫睡莲放到了照得到阳光的阳台上。她打着哈欠下楼做锻炼。那天休假的钟邱沿在楼底下碰到她,要了钥匙跑上楼。

他打开门的时候,周存趣的房门敞开着。钟邱沿在客厅里找了一圈,然后看到周存趣靠在阳台边,看着仍旧闭着花苞没有绽开的紫睡莲。那天是久违的晴天,周存趣抬头用发圈把头发扎成一束垂到了脑后,穿着背心趴在那里等着紫睡莲开花。

他耳垂边有一颗灰褐色的痣,像耳钉一样。

周存趣就那么漫无目地待着,偶尔凑过去闻一闻睡莲。

钟邱沿抓着钥匙,站在周存趣背后,呆呆地看着他。

除了出来看几回紫睡莲,周存趣很少在白天露面。钟邱沿蛮担心地问刘小英:"他这样会不会缺钙啊?"

刘小英差点笑出来。

他们那会儿正一起在餐桌边包饺子和馄饨。刘小英指挥钟邱沿做,钟邱沿立正站好,捏着面皮说:"是,刘老师,好的,刘老师。"

他们将做好的成品放进冰箱冷冻柜里。钟邱沿写了便利条贴在周存

趣门上,说:冷冻柜第二格有芹菜肉馅和香菇肉馅的饺子,吃过的人都说腰不酸了腿不疼了,有可能还补到钙了。可以当夜宵,记得吃(钟邱沿)。

周存趣那天晚上走出房门的时候,盯着纸条看了蛮久。白天,钟邱沿走后,周存趣出房门倒水喝。刘小英站在背后问他:"钟邱沿那小子来,你会觉得烦吗?外婆的手拆了石膏应该就没事了,到时我就不会叫他再过来了……"

周存趣抬头喝了半杯水,捋了捋自己的头发,轻声说:"没关,系。"

刘小英抬头看着他。

周存趣拿着自己的水杯往回走,重复了一遍:"没关系。"

[4]

钟邱沿第一次在傍晚的餐桌上见到周存趣的时候,和刘小英两个人面对面坐着,左手端碗,右手拿筷子,但是一点没动,光上下左右抬头低头看周存趣吃饭夹菜。那天不知道什么缘故,钟邱沿照例推开周存趣的房门,探头说:"哥,今天刘小英给你做了鸡汤,出来喝啊。"

周存趣靠在面包超人小夜灯边上,盯着他看了一会儿,合上了书。

那天四方形的小餐桌上摆了五六盘菜,小电饭煲靠边放着。钟邱沿盛饭的时候说不知道谁家在做酸菜鱼,味道都飘进来了,香香麻麻的。刘小英端着蘸白切鸡的调料走出来,让钟邱沿往边上让让。

周存趣洗好手,坐到了餐桌边。傍晚的餐桌才有的那种温暖的香气让他忍不住打了个喷嚏。他突然有点后悔走出来。

刘小英已经在他面前放了一碗鸡汤,特别高兴地说:"钟邱沿从乡下带回来的,真的是土鸡,特别香。"

周存趣没看他们,低头吹了吹鸡汤,尝了一口。

钟邱沿差点想起立鼓个掌。

但整个吃饭时间周存趣始终没说话,也没看他们,一个人安安静静吃完了碗里的饭。刘小英把他喝鸡汤的碗又拿过去，有些着急地说："外婆马上再盛一碗，你再喝一碗好不好？"

周存趣低头看着自己的发梢，过了一会儿，说："好。"

刘小英赶忙站起身。钟邱沿跟着起身想去帮忙的时候，周存趣忽然抬头望向他。钟邱沿问："哥，要什么东西吗？"

周存趣把一张便利条放在了餐桌上。他把纸条慢慢推到钟邱沿那边，然后看了眼刘小英。钟邱沿会意，把纸条收了起来。

那天，周存趣乖乖又喝了碗鸡汤，站起身走进了房间。他有点脱力地靠着自己的书堆坐下来，把脸埋进了臂弯里。外婆的高兴反而让他好难过。这几年外婆对着他哭过，也自己偷偷躲起来哭过，但外婆从来没说过求他出来之类的话。

刘小英只是边哭边笑着和周存趣说："你待多久，外婆就会养你多久。"

周存趣在纸条上对钟邱沿写：请你凌晨再来一趟，我会给你留好门。

凌晨的时候，钟邱沿推门溜进去。他打开周存趣的房门，轻轻关上，然后说："报告，外面一切正常。"

周存趣靠在床头面无表情地看着他。

钟邱沿盘腿坐到床上，又开始一边自创手语一边问周存趣："大哥想和我说什么事吗？"

周存趣没说话。钟邱沿挠挠头，想着要不要去外边把刘小英练字用的纸拿进来写字交流。周存趣开口说："我，会说话。"

钟邱沿挑了下眉，盯着周存趣看。周存趣被看得有点不自在，低头看向自己手边的书，很慢很慢地说："会说话。但是，很久没和人说话。"

他又抬头，问钟邱沿："可以请你，帮我一个忙吗？"

钟邱沿笑起来，想都没想就说："没问题。"

周存趣愣了下，张了张嘴巴，也突然笑了下。他这两年连笑都不怎么笑，调动面部肌肉的时候都觉得艰难。

　　钟邱沿转来转去，看着这间堆满书的房间。坐在房间深处的周存趣，像困在塔楼里很久很久，然后变成有一天从窗口放下自己的长发邀他上楼的莴苣姑娘。这位"莴苣姑娘"跟他说，希望他能帮忙带他下几趟楼试试。

　　他想要在十一月参加外婆的八十大寿。

　　周存趣低头揉着自己的指甲盖，说："很麻烦你，但我，自己一个人可能，没办法。"

　　钟邱沿看着周存趣，忽然伸手拽了下周存趣的胳膊，说："那从午夜没什么人的时候尝试看看好不好？今天要试试看吗？"

　　周存趣皱起眉，缩回了自己的手，说："今天很累了，你先走。"

　　钟邱沿被赶出了周存趣的房间。赶出去之前，周存趣嘱咐他说："不要告诉，外婆。如果我还是，做不到，她会失望。"

　　第二天夜里，钟邱沿在家门口等着周存趣。周存趣换掉睡衣，穿了件白色T恤衫和牛仔裤。衣服看起来大了不少。他把头发扎起来，手里拿着刘小英的长柄伞。走到屋外的时候，钟邱沿靠在墙边冲他轻轻吹了声口哨。

　　周存趣吓了一跳，立刻想转头逃回房间里。钟邱沿拉住了他。

　　他带着他慢慢走下楼。住在四楼的租户经常换，最近住了一对脾气不好的小年轻，门口却贴一大张"和气生财"的纸。三楼的庄老师是刘小英以前的同事，已经老年痴呆了，被送进了疗养院。二楼的，钟邱沿抓着周存趣的手腕说："二楼的双胞胎爷爷，大黄爷爷和二黄爷爷昨天打架了，你不知道，二黄爷爷都被打哭了。我现在为了方便见，会叫他们'双黄蛋'爷爷。"

　　周存趣低头看着台阶。钟邱沿一直提醒他小心，最近因为雨很多，楼梯非常湿滑。

走到二楼的时候周存趣停了一阵子。他小的时候读的就是实验小学，所以在外婆家住过很长一阵子。下了课疯跑回来，上楼的时候会拿钥匙在墙上深深浅浅地划着玩。

他们终于走到一楼的时候，外面已经不下雨了。两年过后，第一次站在地面上。周存趣抓着钟邱沿，低头望着老旧小区维修效果不佳的路面，水泥地中央长出了青草和野花，花坛边新竖起了"禁止踩踏"标牌。围墙以外的另一个小区已经整个推倒在重建了。

周存趣看着安眠在深夜的塔吊机，发现世界不管怎样都在运转着，被离心力甩出去的，只有他自己。

他深吸了口气。

钟邱沿也学他深吸了口气，然后说："夜晚好好闻啊。"

下过雨之后，春末夏初的夜晚，有一种很古老的气味。那天周存趣就只走到家楼下，接下来的一周，他也都只能走到家楼下。然后他和钟邱沿两个人并排站在楼下发呆。

差不多一周半之后的某天，全天新闻都在报道又有几级台风过境。钟邱沿开的188路公交车当天下午都停运了。他本来想和周存趣说一声，今天要不就先不下楼了，外面风大雨大有点危险。然后他忽然发现自己没有周存趣的联系方式，也不能不遵守承诺打给刘小英跟她说这件事。

那天晚上钟邱沿就还是在凌晨时间冒险开着车去了亲亲家园。他带着周存趣趴在三楼的楼道窗口看雨。周存趣伸出手接了一点雨，雨的温度和雨的质量，都已经是全新的东西了。

到差不多凌晨一点，风大得钟邱沿根本不敢开车回家。他送周存趣上楼之后，问周存趣："我能不能在你这儿睡一晚。早上等老太太出门锻炼去了我就开溜。"

周存趣没说好也没说不好，反正就由他跟进了家门。

钟邱沿脱掉上衣，大咧咧地躺到了一边的沙发床上。周存趣拿着自己的书站在旁边，突然想把床上的东西裹起来扔到外面的厨余垃圾桶里。房间里突然多出了一个人让他浑身不自在。

周存趣靠坐到地板上继续看书。钟邱沿趴在床上，撑头盯着周存趣看。他突然好喜欢这个房间，各个角落里堆满了或新或旧的书。刘小英说隔一段时间，周存趣就会给她一张需要购进的书单。她把书放在房门边，第二天那些书就会被分门别类堆进房间里。那些书或许是周存趣的砖，是墙，然后是堡垒。周存趣坐在书堆中间，茫然不知时间地读着书。时间由此失去了重量和意义，在这里变得如水长流。钟邱沿回过神的时候，都不知道自己盯着周存趣看了多久。

他忍不住凑过去从背后捏了一下周存趣肩头。周存趣吓了一跳，掰着他的手，说："不要，捏我，有点痒。"

钟邱沿又捏了几下，笑着说："给大哥按摩按摩啊。"

周存趣无奈，放弃了挣扎。钟邱沿突然凑过来在周存趣旁边闻了一下，自顾自嘀咕起来："头发香喷喷的，身上香喷喷的。为什么刘小英跟你用一样的东西，她就没有这味道。"

周存趣叹口气，说："你这样，不好。"

钟邱沿说："都是男的，怎么了啊。"

周存趣说："男的，也不好。"

钟邱沿没了声音。周存趣像是怕他不理解，转回头认真地又说了一遍："我是说，男的，这样也不好。"

[5]

第二天凌晨，周存趣走出家门，没看到钟邱沿在外面走廊上等他。他就着不很明亮的楼道灯到处找了一圈，都没看到他。周存趣站在楼梯口朝下望，很想自己下去看一眼。他长久地站着，看着四楼那张大大的

"和气生财"。

他不知道钟邱沿是不是被他昨晚的话吓到了,今天一整天都没再出现。周存趣又踌躇了一会儿,实在不敢自己下去。他朝自己叹了口气,转头走进了家门。

快两点的时候,有人一直按门铃。刘小英被吵醒了之后,披了件衬衫起来开门。她打开门,看到钟邱沿气喘吁吁地靠在门边,舌头打着结说:"唉……我……就是我……"

刘小英大骂道:"你,就是你,知道现在几点了吗?"

钟邱沿在刘小英那只石膏手上轻轻拍了拍,说:"我忘了样东西,得拿一下。"

刘小英嘟嘟囔囔地摁开了客厅大灯,问:"忘什么了啊,我怎么没看见你东西?"

钟邱沿推着她说:"刘小英你去睡吧,耽误你睡美容觉太不值得了。"

刘小英打了个哈欠,又骂了钟邱沿几句,进了房。

钟邱沿在客厅里缓了半分钟,悄悄打开了周存趣的房门。周存趣靠在床头玩着小夜灯。钟邱沿忽然"扑通"一声跪在了他的书上,说:"哥,我忘了我六月开始上晚班,要从六点开到凌晨一点。中途又不能跑过来,和你说一声。对不起啊,哥,我给你买了十盒蘑菇力赔罪。"

钟邱沿开始把塑料袋里的蘑菇力倒出来。周存趣皱眉说:"从我的,书上起来。"

钟邱沿大叫:"遵命。"

然后嗖一声站了起来。

他拆开一盒蘑菇力递过去给周存趣。周存趣拿了一根咬在嘴里。钟邱沿也拿了根吃起来。他靠到周存趣身边跟他说:"以后我每天凌晨两点过来找你。"

周存趣本来想说他那么累就算了。但是钟邱沿咬着一颗蘑菇力,从

口袋里掏出一部手机塞给周存趣,含糊不清地说:"我以前的旧手机,卡是新办的,联系人只有我,没人知道号码的。以后你要联系我也可以打给我,不想打也没关系。我就是怕再联系不上你。"

周存趣低头点了点那部手机,屏幕亮起来,锁屏壁纸是钟邱沿和父母的合照。老钟特别瘦,邱雪梅又特别胖,十来岁的钟邱沿夹在中间咧嘴笑得特别开心。钟邱沿蛮不好意思地说:"这是我爸妈,在乡下种花种水果的。他们俩人都挺好的。"

周存趣的手指在屏幕上划来划去,也不说话,过了一会儿,忽然好奇地问钟邱沿:"那你,今年,你几岁了?"

钟邱沿抱着饼干盒,开心地说:"哥,我二十七了,今天是我二十七岁生日。"

钟邱沿走后,周存趣还一直捏着那只手机。手机屏幕的光在房间里显得十分刺眼。那种光亮对他来说,已经变得奇异而陌生。周存趣把它搁在了床头柜上。过了一会儿,他又拿过来,点开屏幕,进到了主界面。页面上的东西钟邱沿都已经删光了,通信录里只存着钟邱沿的手机号码,他给自己备注了一个"您的智能小助手",后面是一个爱心符号。

周存趣点到短信界面,犹豫一会儿,慢吞吞地打了一个"你好!"。

很快钟邱沿就飞速回过来:哥!你给我发短信了!!好厉害!!!周存趣看着满屏的感叹号,不知道为什么,脑袋里忽然闪过一只追着自己的尾巴疯跑的小狗。短信提示音隔三秒响一下:你还没睡吗?哥在干吗呢?我刚在出租屋楼下停好车。现在走到三楼了。现在走到五楼了……

周存趣有两年没打过字了,非常艰难又缓慢地在钟邱沿高密度的轰炸中间给他发过去一句:生日快乐。

钟邱沿直接拨了电话过来。周存趣好久没听到来电提示音,那声音还是那样,单调而且不近人情,一遍又一遍。周存趣犹豫了一会儿,不情愿地按下了接听键。

钟邱沿特别高兴地说:"谢谢哥!啊……我啊不是跟你说的,我刚才踢到门板了,啊,好痛,现在有点想哭,但是我今天过生日,我不哭……"

周存趣握着手机,忍不住低头笑起来。

白天上班前,钟邱沿陪着刘小英去拆了石膏。那天天气十分热。他们靠在医院花坛边上,一人咬着一根冰糖棒冰。钟邱沿问刘小英:"你不会吃完这根棒冰又栽倒吧?"

刘小英叫道:"我吃药了,真是的,我吃药了,吃了药得适量补糖。"

钟邱沿耸耸肩。

刘小英拿纸巾擦了擦自己的嘴巴,说:"为了能多活几年,我可是一刻都没有放松过的。"她望着医院门诊部大厅来来往往的人,继续说,"你知不知道,'周存趣'这个名字是我取的。当时只是想着,要我最小的外孙人生有趣一些就好。他从小读书挺好的,渐渐就对他有了很多很多期望。我现在想啊,是不是这些年,我其实也是个加害者……"

钟邱沿顿了一下,说:"刘小英,你的冰棍水流到裤子上了。"

人生历经千帆、七十九岁、区优秀教师、桃李满天下的刘小英骂了一生中为数不多的一句脏话:"老娘新做的裤子!"

钟邱沿送刘小英回家。"双黄蛋"爷爷又在楼下下围棋。钟邱沿跟着上楼蹭中饭。刘小英说现在周存趣一日三餐都会正常吃了,有时三餐都能出来一起吃,有时不能。但总之能好好吃饭了。

他们开门进屋的时候,周存趣正倚在冰箱门边喝水。他头发没怎么打理,有点乱,看起来像刚起床。钟邱沿越过刘小英的头顶,伸过去一大盒冰棍,说:"我和刘小英在棒冰批发店里挑的,你要吃吗?"

周存趣摇摇头。钟邱沿笑嘻嘻地说:"要不我试试把蘑菇力做成冰棍。"

周存趣拿着水杯绕过他们,进了自己房间。刘小英怒道:"把冰棍给我放起来,别放我头上。"

那天下了夜班,钟邱沿冲回家洗完澡,又飙车到了亲亲家园。这次他还没上楼的时候,就看到周存趣站在五楼的窗口看他。

钟邱沿挥手和他打招呼。

钟邱沿拉着周存趣沿三单元门口的小道一直走到了小区门口。住在亲亲家园的老年人比较多,这个点,小区里半个人影也没有。周存趣还算放松地走完了一程。钟邱沿奖励了他一盒蘑菇力。

他们一起坐在小区健身器材区的秋千上。周存趣闭起眼睛,凌晨的风也已经有了温度。

钟邱沿伸手拨了一下周存趣飘到脸颊上的头发。他想起白天刘小英在回家的车上和他说:"你别看周存趣现在这样了,他以前做什么事都好像不会失败一样。"刘小英沉默了许久,转头和钟邱沿说,"我知道你在帮他。就当为了我这个老太婆,麻烦你坚持帮帮他。"

周存趣第一次凌晨走出去的那天,刘小英站在自己的房门背后红了眼睛。她后来蹲在门口,哭得站不起来。她去疗养院看望自己的老朋友庄老师的时候,帮庄老师梳着她所剩无几的头发。

她说:"老庄啊,我最近一年越来越感到'陈根委翳,落叶飘摇'了。我想一个人,是会知道自己的气数到哪里为止的。但是我不敢,我舍不得……"

她从自己的房间探出头,看到钟邱沿和周存趣坐在秋千上。钟邱沿把秋千越晃越高,越晃越高,跟个幼稚园小朋友一样玩得不亦乐乎。他快要停住的时候差点栽倒,把旁边的周存趣吓个半死。

刘小英啧了一声,周存趣皱起眉。

两个人同时说:"笨蛋啊……"

[6]

钟邱沿打电话给周存趣,说:"现在你试着自己一个人走下楼。我在楼下等你。"

周存趣一手握着手机,一手拿着长柄伞站在门口没有动。钟邱沿说:"我不会挂断电话的。你记得,我在楼下等你。"

周存趣低头看着眼前的楼梯,那像一个延展到深处的洞窟。空气中有一种微雨的气息,电话那头有钟邱沿的呼吸声。周存趣慢慢走下了楼梯。

钟邱沿问他:"看到'和气生财'了吗?"

周存趣说:"看到了。"

钟邱沿又问:"现在路过庄老师家的鞋架了吗?"周存趣没说话。钟邱沿等了一会儿,周存趣说:"看到了。"

他就那样极缓慢地走到了一楼。钟邱沿举着手机,朝他大力挥手。周存趣有点脱力。钟邱沿扶住他,说:"做得很棒。周存趣小朋友你真棒呀。"

三单元楼道口那盏时明时暗的灯忽然彻底暗了。周存趣靠了一下钟邱沿的肩。钟邱沿不敢动了。

钟邱沿没话找话,忽然没头没脑地小声嘀咕道:"我以前还挺喜欢村里跟我一起长大的一个女生的。现在人家都能带着小孩坐我的车了。"

周存趣疑惑地"嗯"了一声。

钟邱沿尴尬地揉了下头,说:"没什么。"

周存趣说:"那你,不太行。"

钟邱沿愣了一下,嚷嚷道:"什么不太行啊。喜欢我的女孩子也很多的。我老妈邱雪梅说,我怎么也算我们村排得上号的大帅哥。"

周存趣说:"阿姨真好。"

最近一段时间,钟邱沿发现,周存趣开始慢慢能和他流畅说话了之后,就开始展现出一种刘小英亲外孙的基因——明嘲暗讽的能力十分突出。

周存趣已经自己走出去了一点，钟邱沿才追上去，问："哥，你刚那话什么意思啊？"

周存趣没再理他。

过几天，傍晚吃饭的时候，只有刘小英和周存趣。刘小英说钟邱沿打电话来和她说自己今天轮休，跟朋友约了一起吃饭，就不过来了。刘小英抓着她那个红白相间的老年按键机说："你是真当我这里是自己家了啊，不来吃饭还要报备一声了。"

钟邱沿在电话那头撒娇："刘小英，从今天开始你是我的二外婆。"

刘小英骂道："什么大外婆，二外婆，臭小子。"

总之，那天傍晚餐桌上放了四个菜，但是只有刘小英和周存趣两个人吃饭。刘小英说："那小子出去见朋友了。"

周存趣点点头，夹了一筷子莴笋。

钟邱沿的两个发小，在发廊当学徒的大鱼和汽修工阿山说要给他补过一下生日。他们从小在钟家村一起长大的，成绩都不怎么样，整天混在一起。阿山小时候就不爱说话。他就记得上幼儿园小班的时候，老妈把他扔到村口小超市边上的幼儿园里。他夹着一只小抱枕，蹲在屋外不肯动。老师拉他他也不起来。

有几个小朋友以为他们在拔河，兴冲冲地跑出来要一起参加。老师有点生气地用当地方言问："你到底要在这里干吗？"

阿山眼泪吧嗒吧嗒往下掉，哭着说："我想在这里做一棵树。"

那时刚上中班的钟邱沿和大鱼挤到他身边并排蹲好，兴奋地问阿山："怎么做？怎么做？我们也要做一棵树。"

于是他们三个跟苔藓上长出来的三颗蘑菇一样，傻乎乎地在那里蹲了半天。一直到钟邱沿问阿山："能先变回人吗？"

阿山点点头，旁边两个人如释重负地站了起来。

幼儿园老师当年就断言，这三个人如果能有出息，她就不姓钟了。离奇的是，据说后来老师找到了亲生父母，还真的不姓钟了。但钟邱沿他们三个长大之后，确实不算有出息那一拨。

阿山开了几罐啤酒和钟邱沿、大鱼碰了一下。大鱼虽然叫大鱼，其实长得跟小虾米一样。他问钟邱沿："你眼袋都快垂到地上了，最近人也见不着，你是在开公交车还是偷偷去开火箭了啊？"

傍晚大排档还没多少人，老板娘把两大盘烧烤放到桌上。钟邱沿喝了半罐啤酒，说："你不懂。"

大鱼哈了声。钟邱沿突然问他们："你们能在房间里待两年不下楼吗？做得到吗？"

阿山说："那不跟坐两年牢一样。"

钟邱沿咬着空竹签，嘀咕道："就是啊……这是受了什么伤，要把自己关起来两年。"

大鱼又开始问："钟邱沿你最近到底在干吗啊？"

钟邱沿说："你不懂。"其实他自己也不懂。

那天凌晨，周存趣慢慢路过"和气生财"，慢慢走过庄老师的家，看到"双黄蛋"爷爷家外面有个摔破的围棋盘。他走到一楼的时候，没看见钟邱沿。周存趣忽然不安起来，抓着长柄伞，有点不知所措地僵在楼道口。这几天他自己走下来之后就能看到钟邱沿靠在防盗门边，看到他，就会挥挥手让他过来，然后喂周存趣一颗蘑菇力。昨天钟邱沿在他嘴里塞了颗好多鱼，然后问他："惊不惊喜？"周存趣觉得无奈又好笑。

周存趣拿手机出来拨电话给他的"智能小助手"。

钟邱沿在那头说："走出来。"

周存趣于是第一次自己推开防盗门，走到了三单元门口的主道上。他在刚下过雨，湿漉漉的小道上独自一人走着。世界安静得只能听到他自己的心跳声。他三十一岁了，他连独自下楼走一趟路都觉得恐怖。

终于走到小区大门口的时候，周存趣看见钟邱沿站在门外，伸出一只手拉了他一把，把他拽出了亲亲家园。周存趣愣站在原地想了一会儿，然后轻声和钟邱沿说了句："谢谢。"

他们呆靠在面包树街边。周存趣低头盯着路砖，说："我上次走这条街的时候，下很大的雨。两年前的雨。"他转头笑着又对钟邱沿说了一句，"谢谢你啊。"

钟邱沿也笑起来。他今天和大鱼、阿山喝酒一直喝到快零点，然后打了辆车飞奔过来。周存趣说他身上都是酒气，钟邱沿故意要往他那边凑，说："弄臭你，弄臭你。"

周存趣推着他说："无不无聊啊。"

钟邱沿喝多了酒之后，说话有点大舌头，一句话咬着另一句话小声说："刘小英说你以前是个很厉害的人。我和我朋友们啊，都是一群混得蛮差，不太厉害的普通人。所以我不知道，变成一个很厉害的人，是不是非常辛苦的事。也可能是吧。你辛苦吗？"

周存趣有点无神地看着街对面歇业了的报刊亭，等他反应过来的时候，眼泪已经不受控制地淌过脸颊，摔在黄绿色路砖上。

[7]

那晚周存趣又破格让钟邱沿留在自己房间睡一觉再走。那个点打车也已经不太好打。钟邱沿半醉半醒地在沙发床上滚来滚去。

周存趣叹口气说："我明天要换掉床单。"

他坐在地上，把床头的面包超人小夜灯打开。

钟邱沿侧躺着，嘟嘟囔囔地说："我发小大鱼啊，在发廊打了两年工了，还是只会洗头。他想找我给他练手，这怎么敢……"

他说一会儿，又开始说开白班和夜班车碰到的乘客的区别："早班车呢,哇,那呼啦啦上来一群人都是:嘀——老年卡,嘀——老年卡。'刘小英'们这个点就都起来去菜场,要不就坐在公交车里乘凉,最近天气热起来了……"

钟邱沿自顾自碎碎念,眼皮耷拉着,好像下一秒就要睡过去了一样。他又睁开眼睛,扯了下周存趣的头发,说:"但是邱雪梅小时候找人给我算过命,说我适合做不死待在一个地方的工作。所以我做公交车司机之后,她说,这就对了。"

周存趣被他扯痛了,打掉了他的手。周存趣说:"我刚待在家里的那一年,外婆把能请的天师、道士、菩萨都请来过。"

钟邱沿一愣。周存趣继续说:"她以前是不太信这些东西的。她很相信她自己。"

房间里静悄悄的,有一阵没人说话。周存趣思索着,现在是不是掀开伤口看一眼?掀开的时候会不会看到爬满的坏蛆?

但那天晚上,他比他想象中的平静很多,和钟邱沿说了他躲起来的导火索。他说他也有一个从小一起长大的好朋友,叫蒋朗语。双方父母是朋友,从小被拿来比较,所以那种友谊里面掺杂了许多意味不明的东西。后来他们都去国外念书,一个在荷兰,一个在美国。假期的时候约着一起去旅游。到那个年纪,他们才开始发觉,对方真是自己处境最相似的好朋友。

蒋朗语同样知道被两个严格到近乎苛刻的父母培养,被一群大人期待的人生是怎么样的。蒋朗语对周存趣开玩笑说:"出生的前三年,已经是我们俩的伤停补时时间。往后的每一天,就是摔伤跌伤撞伤,没了手脚,但是考试必须还要拿全优。"

几年前,周存趣毕业加入了一个日本建筑师的工作室。有项目要做的时候要么天南海北地飞去对接,要么在工作室日夜颠倒地加班。蒋朗语打过电话给他。周存趣疲惫得没有时间应付。他终于回电话的那一天,蒋朗语说想约他见一面。周存趣看了一眼自己的日程，说："再说吧。"

那个月，他们团队的项目做崩了一个。然后又刚好接了个中国的项目，于是回国了一趟。他主动约了蒋朗语见面，但是在会面那天跟个疯子一样埋在自己的工作里面，忘记了那回事。

周存趣问钟邱沿："你试过吗？很久很久以前，你妈对你说过的一句话，会在很多年后像回声一样在你耳边回响。我常常这样。我妈妈在耳边对我说：'你不够好，你有什么资格停下来？'所以那天，我没有停下来去见蒋朗语。"

周存趣在电脑面前醒过来的时候，蒋朗语已经在他们约见的那个湖，跳湖自杀了。

听说下去了三个潜水员把他捞上来的。捞上来的时候，脸上挂满了水草，皮肤紫青，左右脚都绑了石头，非常决绝。周存趣去参加葬礼的时候，听到大人在后面议论，觉得蒋朗语特别不懂事，他父母为了培养他付出了太多。

周存趣想起小时候第一次在外语老师那里见到蒋朗语。他们坐在一张蘑菇形小圆桌的两侧。蒋朗语对他自我介绍说他叫蒋朗语。外语老师纠正道："不是的，你叫 Terence。"

他们隔着那张小桌子，蒋朗语尴尬地对他笑笑。

事发之后，周存趣照常每天上下班，做着该做的工作。他发觉他连停下来伤心一秒的时间都没有，日程排满了，要做的工作排满了，会一直不能停下来，直到他也跳下那个湖。

那天他对着电脑上的图纸看了很久，开始看不懂上面的任何一个字和数据。他吐了，一开始是吐吃下去的食物，然后是胆汁，然后是血。

他去看过心理医生。齐兰香不知道从哪里听说了这个消息，特意飞到日本要照顾他，陪他一起看心理医生。她把医生开的药塞给周存趣，说没事的，吃下去，康复了，再努力站起来。

周存趣拿着那包药,如同过去二十几年的每一次一样,乖乖地点了头。

蒋朗语,不是的,你叫 Terence。

我也没事的,得了精神病,吃了药也要努力站起来。

周存趣朝钟邱沿笑了笑。钟邱沿一时间没说话。满屋子的书好像也在大声地沉默着。钟邱沿可能不知道说什么安慰的话才合适,脑袋里转来转去,他突然颠三倒四地嘀咕了句:"怪不得你觉得蘑菇力已经是全世界最好吃的零食了啊。可能从小没让你吃好吃的零食吧……"

周存趣笑出声来,争辩道:"蘑菇力很好吃。"

钟邱沿也笑了。周存趣把面包超人小夜灯拿过来放在手里转圈,他深呼吸了下,说:"说出来之后,发现好像也就那么回事……"

钟邱沿伸手抱住了周存趣的头,晃着他的头说:"哥,人这种东西啊,其实不用太努力的。到时墓碑上又不会给你刻'市三好学生'或者'世界级优秀建筑设计师'。最多不就刻上一副挽联。到时我的墓碑上就刻'哈哈哈哈哈哈'。每个人读的时候,就是'哈哈哈哈哈哈'。"

周存趣真的忍不住哈哈笑出声来。钟邱沿跟着哈哈笑起来。他笑了一会儿,放开手,和周存趣对上了眼睛。小夜灯的碎光落在两个人的脸上,长出斑驳的肌理。他们又一起移开了视线。

"想吃什么？"

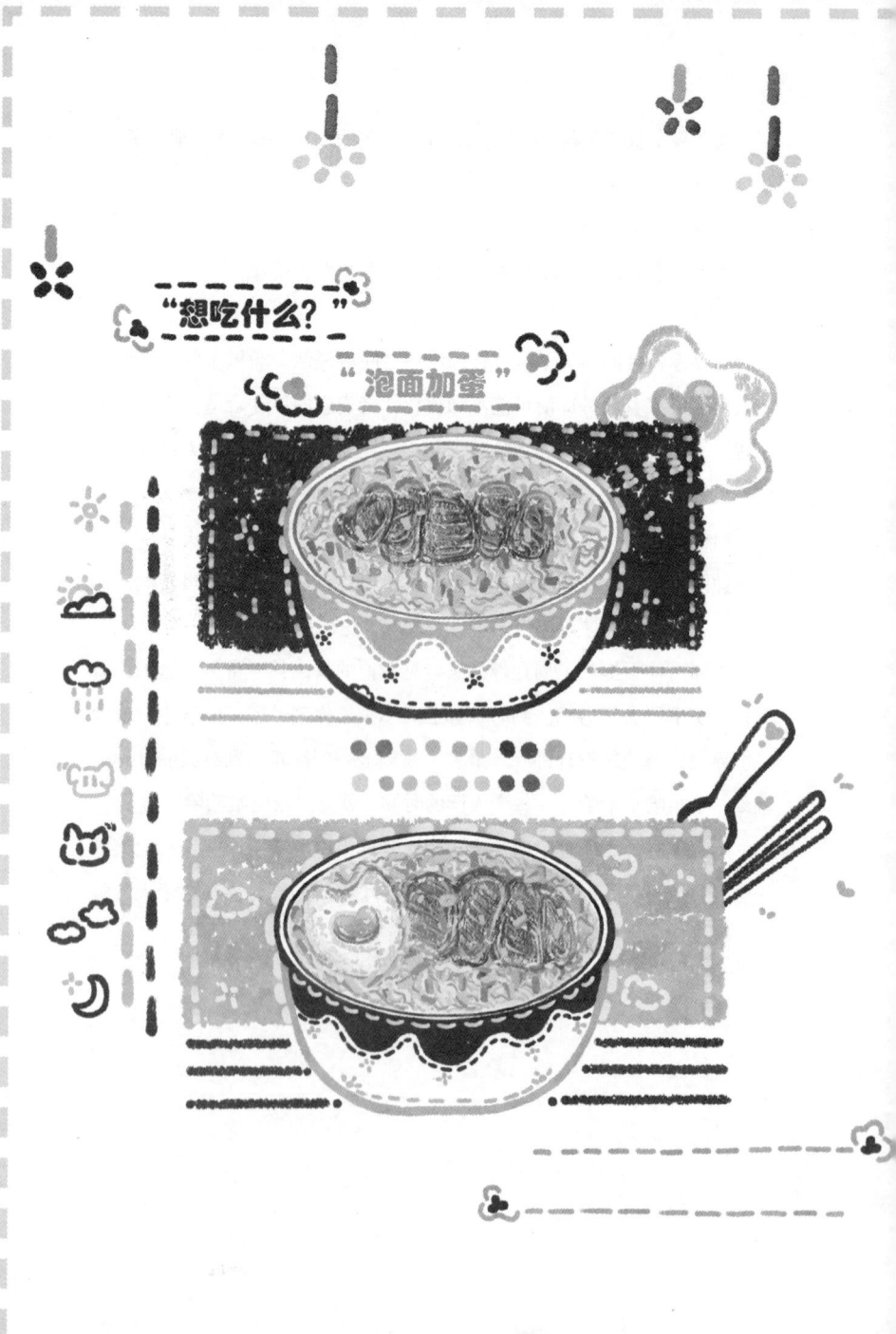

"泡面加蛋"

泡面加蛋

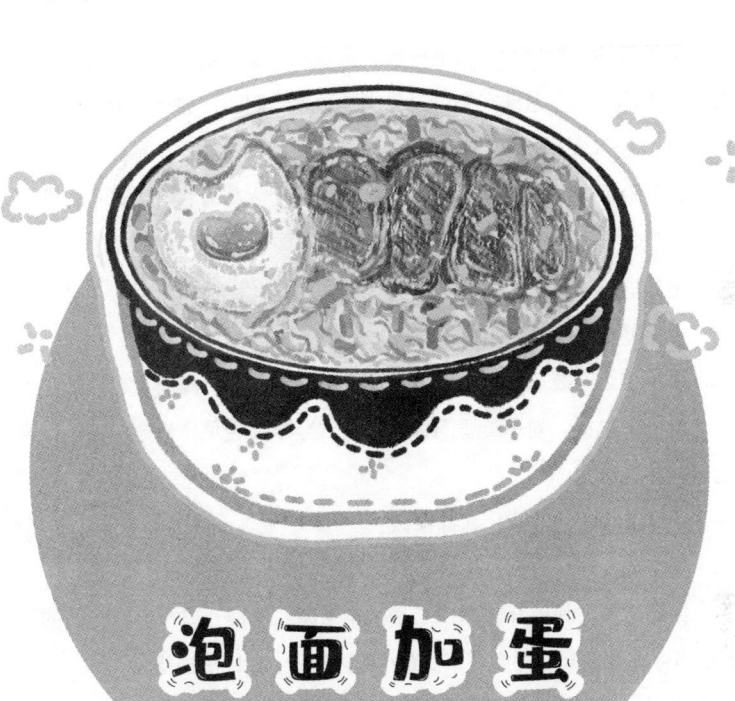

PAOMIAN JIADAN

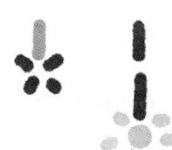

[1]

那天是钟邱沿最后一天上夜班,傍晚六点上班前,他一直坐在大鱼打工的发廊里。大鱼洗完头就过来坐他边上,问:"你没病吧?不照顾下生意,就那么干坐着?"

钟邱沿手肘撑在膝盖上,说:"我自己一个人待着,我就胡思乱想。"

大鱼说:"你的脑子还能想出什么来。"

钟邱沿还是那句:"你不懂。"

大鱼差点想把他轰出店里。

差不多到晚饭点的时候,刘小英打电话给钟邱沿说周存趣今天一整天又没出来吃饭。刘小英质问钟邱沿:"今早我看见你从他房间里出来的。"

钟邱沿大叫:"我什么都没做!"

刘小英大叫:"那他怎么了?又蔫了吧唧一点东西都不吃了。"

钟邱沿急呼呼地开着车回了趟亲亲家园。他推开周存趣的房门的时候,周存趣像往常一样拿着书,靠在床边读着。钟邱沿挠挠头,问:"哥,你不饿啊?刘小英说你今天一点东西都没吃过。"

周存趣抬起头看他,摇了摇头,说:"没什么胃口。"

钟邱沿在床脚坐下来,紧张地把自己的手掌翻来倒去,磕磕巴巴地说:"那个,我昨晚吧,不知道怎么了。可能吧⋯⋯哎呀,这怎么说。"

周存趣合上了书,说:"你在想些什么。我就是,想到蒋朗语,想到那时候,恐惧感好像回来了,吃不下东西。"

本来和钟邱沿说完的时候还觉得也就那么回事,但等回忆真正清晰起来的时候,那种无力感像浪头一样朝周存趣打过来。他感觉自己又有点站不住。他对自己无能为力。

钟邱沿想劝周存趣吃点东西,自己的肚子先咕噜噜叫起来了。他说:"突然想吃泡面了,你吃吗?"

周存趣说:"不吃。"

十五分钟后,周存趣被钟邱沿强行扯到了餐桌边。餐桌上放了两碗香喷喷的泡面。刘小英在客厅那张写字台边上戴着老花镜边练字边嘟囔:"吃泡面有什么营养。"

钟邱沿回她:"吃泡面要什么营养。"他扭头笑眯眯和周存趣说:"刘小英的库存只有一颗鸡蛋了,我把这个荷包蛋勉为其难让给你。你只需要说声'谢谢'就可以。"

周存趣垂着手,感觉自己还是没什么胃口。但是钟邱沿坐在边上,特别爽快地开始吸溜面,吃两口又忽然站起来,从冰箱里拿了碟酱牛肉出来。

他说:"这样就有营养了。"

周存趣看着他吃了一会儿,终于拿起筷子吃起来。

刘小英坐在写字台边,看着自己那张小小的餐桌。钟邱沿自己吃一会儿,就给周存趣夹两块酱牛肉盖在泡面上。他指导周存趣说:"荷包蛋要浸下去,要浸满汤汁吃的嘛。"

周存趣有点无奈,只能照他说的做。他们两个人低头吃着面。刘小英把眼睛转向了窗外,过了一会儿,又捂住了自己的眼睛。

现在钟邱沿站在小区大门外边等着,周存趣能自己慢慢走过来找他了。钟邱沿问他要不要在面包树街上走一走。周存趣点了一下头。

亲亲家园小区算是在老城区了,新城区那块已经建满了综合体。老城区就还是那副样子。最近因为要办什么国际赛事,于是把临街的外立面都修缮了一下。街口的二十四小时便利店还开着。店员看到每天凌晨就会有两个男人茫无目地在街上漫步，走到街口又走回去。他只会觉得他们古怪。但钟邱沿挺喜欢每天的那段时间的。

世界上好像只有他们两个人和这间便利店。周存趣断断续续说着话，有时会告诉钟邱沿他最近在书上读到的片段。他说在瓜亚基印第安人的语言里"出生"和"降落"是同一个词"waa"。所以小孩的出生像是一种着陆，有种小孩是从很遥远的地方艰辛飞抵的感觉。

周存趣说这些的时候，垂着眼睛，非常漫不经心。差不多走两个来回，他就会气喘着说累了。于是那天的散步到此为止。钟邱沿会把周存趣一直送到三单元五楼门口。

周存趣拿钥匙开门的时候，钟邱沿发现自己不知道为什么开始有了一种莫名的失落感，就是，哦，今天的散步又结束了的感觉。

钟邱沿靠在楼梯拐角那个地方，手插在裤兜里，叫声："哥。"

周存趣转回头。钟邱沿又无话可说，就是扭来扭去嗯啊了半天，说了声："晚安。"

周存趣朝他笑了一下。

那天晚上，钟邱沿开车回家，在楼下停好车后不多久，周存趣发了条短信给他，问：你到家了吗？

钟邱沿激动地一步三阶梯跨到了家门口，回了条：到了。

他回复完，趴到沙发上等着周存趣再给他回信息。但等了半天，周存趣也没再发什么过来。钟邱沿把自己翻了个面，躺在沙发上把手机关上，关上又打开，短信界面还是只有一句"你到家了吗"。钟邱沿坐了起来，叫道："我到了，我到了。然后呢？"

第二天开出第一班车的时候，钟邱沿还在琢磨。周存趣凭什么不给他回信息了。他今天一定要问问凭什么。

结果晚上周存趣云淡风轻地说："你不是说'到了'吗？我就问问这个。"

钟邱沿感觉一拳打在棉花上。他挤着周存趣说:"你不能多给我发几次消息吗?不能主动给我打次电话吗?"

周存趣被他挤得几乎贴在亲亲家园小区的围栏边上了。他觉得很好笑,问:"为什么啊?"

钟邱沿沉默了。周存趣拍了下手臂上的蚊子,抬头的时候发现钟邱沿还在那里做着什么深沉的思考。他们走回楼上的时候,钟邱沿都没有讲什么话。周存趣找钥匙开了门。

那天钟邱沿刚开出面包树街的街口,周存趣就打电话过来了。钟邱沿接起来问:"怎么啦?哪里不舒服吗?"

周存趣笑说:"怕你不舒服,打个电话给你。现在舒服了吗?"

钟邱沿听到周存趣的声音,兴奋得脸都一下子热了,他开了点窗,犟嘴说:"还行。"

周存趣"哦"了一声,问:"那怎么办?"

钟邱沿也没说什么,但他不肯挂电话,也不肯让周存趣挂电话。钟邱沿就那么拿着手机上楼,拿着手机躺到床上和周存趣扯有的没的。有一段时间,他们两个人都不说话了,听筒里只能听到周存趣翻书的声音。

周存趣问:"睡了吗?"

钟邱沿说:"没呢。"

然后他们又继续挂着电话。周存趣终于说:"手机都发烫了。我先挂了,晚安好吗?"

钟邱沿把脸埋在了枕头里,瓮声瓮气地耍赖说:"不好。"

周存趣在电话那头笑起来。

[2]

周存趣发现自己在日记里面越来越多地提起钟邱沿。本来这段时间睡眠和饮食都好转了一点,但因为和钟邱沿说出了蒋朗语的事,周存趣又开始整夜整夜地睡不着。钟邱沿知道后,有一天拖了一只巨型的河马抱枕过来送他。周存趣有时低头,正好对上河马宝宝两颗比芝麻粒大一点的眼珠子。

周存趣在日记里写,钟邱沿又送了他玩偶,之前也送过他很多东西。不止这样,还每天风雨无阻地跑过来陪他。他是不是也应该回赠一点什么,但是他能回赠什么呢?

钟邱沿傍晚快下班前,发短信问周存趣,既然已经能走出亲亲家园了,要不要坐着他的车在城市里四处看看。

周存趣看到了,但是没有马上回复。过了蛮久,他回钟邱沿说:好。

凌晨,周存趣下楼的时候,钟邱沿手指上绕着车钥匙,打了个哈欠。他听到周存趣的声音,把半个哈欠吞了回去,做了个"请"的动作。

钟邱沿开的是一辆黑色越野车。周存趣给他回完信息,钟邱沿就火急火燎地把车开到了阿山的店里让他帮忙里里外外清理一遍。周存趣坐到副驾驶位上。车子启动的时候,前挡玻璃底下那排猪就开始左右晃头。很多私家车后视镜上都是挂一些保平安的符或是挂坠。钟邱沿挂了一个跳舞小女孩。车子一路开,小女孩就一路跳舞。周存趣伸手扶了一下小女孩。

他还不敢去看外面的街道。他精神状态最差的时候,在街上看到地铁站的标志都想吐。之前工作的时候,总感觉自己永远在清晨天蒙蒙亮时或者夜里搭地铁来回穿梭,整天泡在工作室,晒不到太阳,吃两粒维生素 D 安慰自己。

钟邱沿在旁边说:"哥,你看啊,我开的路线呢就是从城东起始,沿着月湖大道一路开。过斑马线只能开十五码。唉,我现在开车就是快不起来。上次我朋友搭我车回村里,一直说旁边老奶奶踩三轮车都比我四轮车快。"

周存趣转头看他,钟邱沿也看了他一眼,咧嘴笑说:"但是这样安全嘛。"

钟邱沿继续说:"看呀,现在我们经过月湖公园,小水鸭们这个点都睡觉了。再过去一个路口就到市美术馆……"

钟邱沿帮周存趣开了点窗,有风呼呼灌进来。周存趣捋了捋自己的头发。钟邱沿又伸过去一只手开始玩他的头发。周存趣说:"双手开车。"

钟邱沿大叫:"是!"

转完一圈回到亲亲家园。钟邱沿把车停在三单元楼下。周存趣靠在副驾驶位上问他:"我一直想着也要送你一点什么东西。但是一时间想不到,我想不如直接问你有没有需要的东西?"

钟邱沿眯起眼睛,嘟囔:"需要什么啊?我需要什么东西……嗯……"

他突然红了下脸,把跳舞小女孩翻过来倒过去了半天。

周存趣说:"别折磨她了。"

钟邱沿支支吾吾地说:"那个,哥,我就是,想说,你能不能把扎头发的那个发圈送给我?"

周存趣看着钟邱沿皱了一下眉。钟邱沿解释:"不是啊,我就是觉得那还挺好看的……"

他说完有点不敢看周存趣,嘀咕了句:"不行就算了。"

两个人坐在车厢里,一个坐在驾驶位上垂头丧气,一个很有兴致地看着他垂头丧气。周存趣忽然伸手从口袋里摸出自己绑头发的发圈挂在跳舞小女孩身上。

钟邱沿转回头,盯着摇摇晃晃的跳舞女孩,咧开了嘴。他拿下来。那个棕色素发圈没什么装饰也没什么弹性,转一圈可以将将拢住周存趣那束头发。钟邱沿拿在手里把玩着,套到手指上又取下来,嘀咕说:"还挺好看……"

周存趣笑说:"外婆的,她还有,很多。"

钟邱沿愣神抬头。周存趣已经自顾自解开安全带，拉开车门下了车，上了楼，钟邱沿还在位置上发呆。

这天傍晚，钟邱沿赶到刘小英这里吃饭。他光捧着个碗盯着周存趣看。刘小英喂喂喊他，他才回过神来。周存趣一和他说话，他立刻放下碗，挨过去。周存趣起来倒杯水，去趟阳台，钟邱沿都要跟着他跑。

刘小英叉腰，指着钟邱沿说："我拿根针给你缝在周存趣身上得了。"

那天周存趣让钟邱沿帮个忙，去旧书店给他找几本书。钟邱沿捏着周存趣写在纸上的书单，下楼的时候颠过来倒过去地看。周存趣的字写得蛮潦草，但又显得很有筋骨。钟邱沿把纸条递给书店老板让他帮忙找书，找完书，又把纸条要了回来。

他捧着一大包书回亲亲家园，推开周存趣的房门，叫着："您的'智能小助手'回来咯。"周存趣盯着书页，没抬头看他，但是笑了一下。

钟邱沿抱着书坐到了他身边。周存趣伸手要拿袋子。钟邱沿抱着没给他。周存趣问："怎么啊？"钟邱沿跟高中小男生恶作剧似的，周存趣一伸手，他就把袋子拿开。周存趣显然觉得他这样很无聊，抢了两下就随他了。

钟邱沿讪讪地把袋子放下，嘟囔道："给你给你，总行了吧。"

他在周存趣身边转来转去，拿手指绕着周存趣的头发玩，要不就捏起一搓当蒲公英吹。周存趣放下书，打掉了他的手，问："你今天是不是有话要说啊？"

钟邱沿其实也没什么要说的，他就想在周存趣身边待着。他想了一会儿，说："那我今天还给你跑腿买书了，有跑腿费吗？"

周存趣问他："你要钱吗？"

钟邱沿嚷嚷："要什么钱啊。"

周存趣又问："那你要什么？"

钟邱沿不说话了，低着头像是思索着："要……"他抱着河马抱枕晃来晃去，过了一会儿，忽然抽走了周存趣手里惯常在书上画线批注用的那支铅笔，然后跳起来飞跑出了房间。他跑下楼，路过"和气生财"，路过庄老师家，跑到楼下"双黄蛋"爷爷的围棋桌边上，蹲下来，捂住了自己的头。

　　"双黄蛋"爷爷转头看他，一个说："这小伙子咋啦？"

　　一个重复："咋啦？"

　　"他怎么不动了。"

　　"动了动了。"

　　钟邱沿捏着那支笔动了动，自言自语道："我完蛋了……"

[3]

　　天热的时候，公交车车厢里的气味会变得复杂，特别是早晚高峰期的时候。

　　188路开过月湖公园，上来几个带孩子上学的家长。车里已经没有空位。钟邱沿按了一下提醒广播，让大家往里边站站，多点上客空间。

　　但早晨七八点光景，每趟车人都要满到车门口。那天是钟邱沿第一次在乘客嘴里听到了有关周存趣的传说。兴许以前也有人坐在位置上讲过，但他没留心听。公交车上常有很多八卦可听，特别是他们这种小城市。碰到熟人，一个坐车头一个坐车尾都一定要聊两句。

　　总之那天，两个家长说起，听说有人在家里待了两年多了，大门不出二门不迈，什么都不做。那位妈妈抓着自己孩子的手，说："那不就养废了吗，这种孩子。"

　　钟邱沿嘀嘀按了两下喇叭，扭头和她们说："往里边让让，又得上人了。"

　　凌晨钟邱沿去找"这个孩子"。周存趣已经可以自己提前一点站在楼底下等他了。钟邱沿降下车窗，朝他吹了声口哨。周存趣回过神，开门上车的时候递给了钟邱沿一张小卡片。他用钢笔在卡片上抄写了几行诗送给钟邱沿，是伊丽莎白·毕肖普的《失眠》。

钟邱沿启动车子，和周存趣边聊着天，边在深夜的街道上慢慢兜圈。周存趣看起来正常且健康，好像也是明天白天会出现在一间咖啡厅里买杯美式咖啡再去上班的人。

但第二天凌晨的时候，四楼那对小年轻骂骂咧咧地在搬家。周存趣就站在五楼的楼梯口连下楼都不敢了。

"智能小助手"打电话给他的时候，周存趣说："今天我不下去了。"

钟邱沿上来找他。周存趣已经躲在房间里，开着小夜灯在看一本儿童绘本。他对和刘小英、钟邱沿以外的第三个人碰面或者交流还是充满恐惧。但是到时候外婆大寿那天，不只是外婆会在，还会有他所有的亲戚，还有周铭和齐兰香。想到这里，周存趣几乎想放弃。

钟邱沿在电话里问他："那我们慢慢开始见一些让你放心的人好不好？好朋友之类的？"

周存趣靠在床头想，他是那种每个阶段会有每个阶段的朋友的人，初中的好朋友念完初中就失联了，高中的好朋友，现在也不会再有联系。他忙着自己的事，不太有闲暇去社交。

这两年，他看书上说，十几岁的时候，日子总像飞；二十岁到三十岁，每一年都是跌过去的。他就是这样。

周存趣不说话，钟邱沿以为是信号断了，喂喂了两声。周存趣轻轻地嗯了下。

钟邱沿忽然问："哥，你想认识我的朋友吗？他们俩保证天然无公害，不含防腐剂。"

那天晚上，钟邱沿在电话里绘声绘色给周存趣介绍大鱼和阿山。他说大鱼从小个子特别小，发育完了还是小小个。阿山就特别壮实，真的跟座山一样。他们三个七岁的时候,就在钟家村钟邱沿家承包的那块桑葚园里结拜了,是为桑葚园结义。但结拜完当天,大鱼和他就为了争夺一包糖打了架。"

周存趣听得笑出了声。钟邱沿继续说:"大鱼他现在在发廊当学徒,业余爱好是绣十字绣,我送刘小英那幅牡丹图就是大鱼绣的。阿山是个汽修工,但是他没事会写写东西。他没拿给我们看过,可能知道我们看不懂……"

钟邱沿说完这些事之后,周存趣也没有立刻应允。他现在稍微多处理一点事就会觉得很累。有时只跟钟邱沿两个人待在一起,他才会觉得刚刚好。

一直要到七月中的时候,钟邱沿说他们三个又要凑到一起给大鱼过生日了,问周存趣要不要一起。过生日的地点后来就放在了刘小英的房子里。

那晚,刘小英才发觉她的屋子好久没有那么热闹过了。大鱼确实长得小小个的,但是嘴皮子特别灵。他自己拎着蛋糕,进屋就夸刘小英墙上的字写得漂亮。阿山有点腼腆,帮着钟邱沿忙前忙后摆餐具。

钟邱沿在桌子底下碰了碰周存趣的手,给他介绍说:"这就是钟大鱼,这是钟阿山。当然,不是本名,是绰号来的。"

大鱼也和周存趣介绍钟邱沿:"这是钟嘟嘟。嘟嘟是他的小名。"

钟邱沿啊了声,唰地站起来大叫:"不准说,啊啊,不准!"

阿山耸耸肩,说:"不都说出来了。"

钟邱沿像受伤了一样,坐下来用手捂住了周存趣的耳朵,说:"哥,别听他们说话了,不要听。"

周存趣勉强笑了下。他其实听不太进去东西。唱生日歌前,钟邱沿轻声问他:"累了吗?累的话你就进屋吧。"

周存趣点点头,自己进了房间。餐桌上安静下来。周存趣趴到自己的床上,像跳回鱼缸里一样,大口大口地开始呼吸。他的脑袋里闪满了雪花片。一直到钟邱沿进屋,周存趣还没有缓过来。

那之后,大鱼和阿山时不时会跟着钟邱沿来一下刘小英家。他们三个并排坐在沙发上和刘小英一起吃西瓜。周存趣出来倒水喝的时候,就看见四颗脑袋,一颗比一颗矮,排在沙发上,过一会儿,此起彼落地低下头啃西瓜。钟邱沿扭头问他:"要吃西瓜吗?特别甜。"

周存趣摇摇头。

等大鱼和阿山走了。钟邱沿会切一些西瓜丁拿进房间和周存趣再吃一点。周存趣说不吃,会弄脏书页。钟邱沿又一块举到他嘴边,说:"张嘴,啊。"

周存趣只好咬掉了。钟邱沿伸手摸摸他的头发,说:"真棒。"

周存趣抬眼,笑说:"谢谢嘟嘟。"

钟邱沿捧着西瓜碗忽地站起来,想骂人又不知道骂谁,愤怒地叉了一块西瓜自己咬掉,嚷嚷道:"我明天去把大鱼做成剁椒鱼头。"

周存趣渐渐习惯了大鱼和阿山的存在,然后慢慢可以走出去和他们说两句话了。晚上钟邱沿他们桑葚园三兄弟陪刘小英打了几圈麻将,饿了,然后叫了一堆夜宵。周存趣去冰箱拿果汁,路过他们。钟邱沿勾了勾手指,问道:"你饿吗,要不要吃?"

他本来以为周存趣又会摇头,但那天周存趣破天荒坐下了。

他们在谈论着,阿山马上要和女朋友结婚了。大鱼咬着肉串说:"我呢是刚分手。钟邱沿呢,是母胎单身。"

钟邱沿又嘲地站起来了,掐着大鱼的脖子说:"我今天一定要剁了你。"

阿山拉架。周存趣低头笑起来。大鱼被放开之后,饶有兴致地问周存趣:"哥呢?你谈过恋爱吧?"

周存趣喝了口手里的果汁，点点头。

钟邱沿放下了啤酒罐。他开始发呆。周存趣进房间了，他还在发呆。大鱼拿手在他眼前晃了晃，说："中什么邪了啊，钟嘟嘟。"

钟邱沿仰头咕嘟咕嘟灌了一罐啤酒。他拖着自己被啤酒灌得沉甸甸的脚步推开周存趣的房门，扑到了床上。周存趣叹道："床单白洗了。"

钟邱沿趴在那里，看着周存趣问："你……"

没等他说完，钟邱沿忽然一股脑把喝进去的酒都吐了出来。

[4]

亲亲家园傍晚停了几个小时电。那么热的天，刘小英下楼找地方乘凉去了。周存趣硬待着，闷中暑了。他吃了药，昏昏沉沉想睡觉，一睡睡了很久。他醒过来的时候，天已经擦黑。床头柜上放了一扎凉茶，钟邱沿贴了张纸条：多喝点水，今天休息吧，凌晨我不过来了。

周存趣坐起来的时候，发现凉茶底下还有一张纸条，已经被茶壶壁上淌下去的水珠弄湿了。周存趣打开来看。钟邱沿在纸上端端正正地写着：道歉信。

周存趣忍不住笑了。他继续读下去，钟邱沿就他把床单吐脏了这件事进行了郑重的道歉。然后开始就发生这件事的前因后果展开分析和自我剖析。最后他写：事情就是这样。如果你还生气的话，要不我明天负鸡毛掸子向你请罪。哥，但你不能把我当成脏床单一样从你的好友名单里除名。

晚上，周存趣发了短信给他的"智能小助手"说：今天在家里闷太久了，凌晨还是陪我下楼走走吧。

过了几分钟，钟邱沿居然回了句：不要。

周存趣愣了下。钟邱沿立刻补了一句：我晚上有点事。

周存趣想了想，说：好的。

钟邱沿在阿山工作的汽修店里拿头哐哐撞了两下墙。阿山蹲下身子看汽车底盘，扭头和他说："再撞，唯一那点脑细胞都撞散了。"

　　钟邱沿也蹲下来，从背后抱住阿山说："救救我阿山，我好痛苦。"

　　阿山嘟囔："什么东西。"

　　钟邱沿低落地说："我的形象尽毁了。"他靠在阿山背上不肯起来。

　　晚上，钟邱沿失眠了。第二天他轮休，索性就起来靠在窗台边没再继续睡了。

　　钟邱沿抱住自己的头，叫了声："救命啊。"

　　周存趣和大鱼、阿山不一样。钟邱沿想，他和大鱼打一架，明天又能勾肩搭背吃夜宵。但是周存趣是他以往没碰到过的、最特别的那类人。钟邱沿不知道要怎么办好。

　　他蹲下来，靠到墙边。他房间的床头柜边贴着周存趣写给他的那张卡片。钟邱沿盯着那几句诗看了一会儿，低头做了个决定。

　　第二天周存趣在楼下等了一会儿，钟邱沿都没出现。他拨了电话过去。钟邱沿接起来，有气无力地说："我马上到。"

　　周存趣穿着灰色T恤，配了条休闲短裤靠在单元门边上。钟邱沿远远就看见他了。车子停下来的时候，周存趣拉开车门坐上去。他问钟邱沿："今天出去走走路怎么样？"

　　钟邱沿也不看他，看着前面的小道，摇摇头。周存趣耸肩，说："那开车吧。"钟邱沿也不开车。周存趣拿手背拍拍他的脸问："你今天怎么了？"

　　钟邱沿转头说："哥，不管怎么样，你会让我陪你继续练习，一直到十一月刘小英过生日对吧？"

　　周存趣点点头。钟邱沿有点放心了，朝自己叹了口气。他刚要发动车子，周存趣在旁边说："你昨天的纸条我看到了。"

钟邱沿猛踩了脚刹车。周存趣差点扑出去。

钟邱沿扶了他一下，说："对不起。"

跳舞小女孩又开始在他们中间到处转圈圈。

周存趣把钟邱沿拉过来一点，问："我上次抄给你的诗，到底有没有看懂啊？"

钟邱沿愣愣地盯着他看。周存趣叹了口气，边解安全带边说："我不跟笨蛋做朋友，我先上去了。"

钟邱沿迅速把车子锁了，一把拉住周存趣，说："哪儿也不准去。"

小女孩转圈转过来，在钟邱沿头上撞了一下。钟邱沿骂了声脏话，又立刻笑眯眯地看着周存趣。

周存趣说："我现在连走出家门都困难，像个累赘……"

钟邱沿打断他说："我们可以在家里玩啊，不在刘小英家还可以去我家。下班之后，立刻能看见你，我就特别开心。"

周存趣好半天没说话。钟邱沿说："哥，你说点什么啊。"

周存趣有点哽咽地笑了出来，骂道："说什么……"

他若有似无地叹了口气，低头擦了下眼睛里快溢出来的眼泪。周存趣后来说："我想说的也是，每天看到你的时候我真的特别开心。"

[5]

那天开车回了自己那里之后，钟邱沿又给周存趣打了电话过去。周存趣接起来，钟邱沿趴在床上，翘着两条腿，嘿嘿笑了声说："哥，感觉没聊够，刚才应该再和你聊会儿再回家。"

周存趣靠在床头，也笑起来。钟邱沿一直在那头嘿嘿嘿地傻笑。一直到周存趣说自己要挂电话睡了，钟邱沿又一个鲤鱼打挺坐起来，特别遗憾地说："啊，这就睡了啊。哥，要不我还是开车过来找你。你给我开下门。"

周存趣在电话那头说:"你去洗个冷水澡清醒清醒吧,再几个小时你该上班了。"

钟邱沿不满地"哦"了声,然后真的去洗了个冷水澡。

第二天,钟邱沿买了几个周存趣爱吃的菜,一路吹着口哨上了三单元五楼。他没像之前一样帮着刘小英摆碗筷准备开饭,放下餐盒之后直接闪进了周存趣房间里。

刘小英扭头想跟他说句什么话,一转头只看到餐桌上放了几个透明塑料包装盒。钟邱沿坐到床边,掏手机给周存趣看,他把周存趣的备注改掉了,改成了"哥"然后一颗爱心。他问周存趣怎么样。

周存趣点点头,"嗯"了声,说:"蛮土的。"

钟邱沿嚷嚷起来:"什么蛮土的。这是什么意思你知道吗?"

周存趣笑说:"我鸡皮疙瘩起来了。"

傍晚吃饭的时候,照例还是刘小英和钟邱沿有一搭没一搭地聊着天。中途刘小英起身去厨房拿勺子,钟邱沿揪了下周存趣的辫子。

刘小英转回头的时候,周存趣瞪着钟邱沿,钟邱沿抖着脚,笑眯眯地给周存趣夹了一筷子虾仁。

钟邱沿回村里参加阿山婚礼的那天晚上,周存趣坐在床上,看着手机屏幕发呆。钟邱沿打电话和他说了一遍,今天要住在村里,没办法来找他了。打完电话,又发短信和他说了一遍。

周存趣现在有点不习惯晚上看不到钟邱沿,周存趣思忖了半天,在短信输入框里打了一句:到家了吗?

钟邱沿没看手机。他出发得晚,到村里的时候,开饭的鞭炮都已经放过了。钟邱沿挤进摆酒的大礼堂里,在几十桌热热闹闹的酒桌中间找到了邱雪梅。

钟邱沿叫了声:"妈。"

邱雪梅嗑着瓜子，皱眉盯着他问："你谁啊，我儿子失踪数月，一直下落不明，现在怎么突然跑出一个人喊我妈。"

一桌人都笑了。钟邱沿顺势坐到了她边上，拉着邱雪梅的手说："我有事忙嘛。"

邱雪梅说："是，我也知道。那城里没有你这辆公交车，公共交通系统得瘫痪。"

钟邱沿点点在一边玩斗地主的老爸说："钟宝臣你能不能管管你老婆？一上来就冷嘲热讽的。"

钟宝臣嘟囔了句什么，继续盯着屏幕上的牌。

大礼堂的窗格上贴满了"喜"字，菜色都是普通农村流水席的菜色。阿山的婚礼非常简单，反正新娘也是同村的，两家近得都没必要开车。于是该省的步骤都省掉了。阿山和新娘出来敬酒的时候，大鱼跟在后边帮忙倒酒、拿酒杯。

酒席散场的时候，阿山脱了西服外套搭在肩上，他们三个人靠在礼堂后院墙边，沉默地看着满地的鞭炮碎屑。

阿山忽然说了句："你说这日子快的。"

大鱼说："我们好像昨天还光屁股在溪沟里摸鱼，今天阿山都结婚了。"

阿山拍拍钟邱沿，说："哎，你们也知道我不太会说话。其实那么多年吧，一直挺想感谢你俩的。没有你们这两个东西，我可能身心没法那么健康地成长。"

大鱼转头问钟邱沿："他这是正话还是反话？"

钟邱沿说："这致谢词听着像骂人一样。"

三个人互相看看，笑起来。过了一会儿，钟邱沿站到阿山和大鱼面前，清了清嗓子，说："正好，借着阿山大喜的日子，和哥们说个我的事。"

大鱼对他伸了下手，表示悉听尊便。

钟邱沿说："嗯，我和周存趣和好了。"他揉了揉鼻子，蛮开心地小跳了一下。大鱼和阿山面面相觑，也不知道他在开心什么。

大鱼和阿山下一次坐到刘小英家餐桌上的时候眼睛瞪得浑圆，看着钟邱沿跟条小狗一样绕着周存趣转来转去。周存趣终于在卫生间里洗完手，擦干净，坐到餐桌边了，钟邱沿于是也跟着坐下了。

大鱼捧着碗，终于叹了一声，抬头和周存趣说："真是世事难料啊。"

周存趣也看了他一眼。

饭后刘小英下去找朋友谈天去了。他们四个仍旧坐在餐桌边。大鱼说："哎，说起来是不是只有我工作也没啥起色，还是个孤家寡人了。"

周存趣喝了口水，慢悠悠地说："你学了两年，还是只会洗头，也可能不是你技术不行，是环境不行。不如看看合适的理发技校，进修一年就够了。"

桑葚园三兄弟互相看看，忽然感觉好像是这么个简单的道理。

他们散了之后，钟邱沿在房间里夸周存趣："哥的脑子真的好用。"

周存趣翻着手里的几页纸。阿山把自己写的小故事拿给他看。阿山看着五大三粗的一个，背地里居然在写童话故事。故事写得还蛮有趣：

很久很久以前，有一个小男孩，他一点一点变成了一棵树。一开始是手臂变成了枝丫，后来耳朵上长出了花。他的父母觉得他是怪物，于是抛弃了他。小男孩继续长大，身体也慢慢抽条发芽。所有人都叫他"树人怪"。有一天上学的路上，他碰到了两个同样长出了枝叶和花苞的小男孩。那天可能是他生命中最开心的一天。因为他知道不是只有自己是怪物了。世界上其实有一类人生来就是"树人"。

很多年后，小男孩已经完全化成了一棵四季常绿的大树，永远站在某个风景很好的山岗。另外两位男孩并没有。之前的那些枝叶啦、鲜花啦，都是他们自己做出来，套到自己身上去的。但他们每年都会去看看大树，在它底下坐着聊很久的天……

阿山的爸爸很早就去世了，妈妈在他念完幼儿园之前，离开钟家村再没有回来。初中开始，每个学期的课间奶，他都没有交过钱。每天喝课间奶的时间，阿山都会躲到小操场的乒乓球台底下。钟邱沿和大鱼尖叫着跑去找他，一定要跟他一起挤在球台底下。阿山知道他们都有牛奶可以拿，但是他们从来没有当着他的面喝过那些牛奶。

那天离开刘小英家的时候，阿山把自己写的故事拿给周存趣。

他悄悄和周存趣说："哥，我觉得我们都特别幸运。"

[6]

钟邱沿和周存趣两个人从面包树街开始慢慢荡得更远了一点。周存趣那天和钟邱沿说他有个堂姐叫周偏妍，是少儿杂志的编辑，他想帮阿山把故事送出去投稿。

但是钟邱沿帮着周存趣联系了那位堂姐之后，堂姐说："让他自己出来见见我。"

周存趣未置可否。钟邱沿说："慢慢想。反正阿山又不急。他那些故事本来是写来打发时间用的。"

那些凌晨散步越来越变成他们一天中的放松时间，而不是周存趣的复健时间。散完步，钟邱沿照例送周存趣到五楼。他缠着周存趣继续说话聊闲天，聊完了也可能会跟进门。

周存趣有时候担心他睡眠时间不够，上班会出意外，会让钟邱沿留在自己房间睡觉。

钟邱沿早上起得早，出周存趣的房门的时候，可能会正好撞上出门早锻炼的刘小英。钟邱沿都是蹑手蹑脚地跑出门，等刘小英下楼了之后，又火速提着早饭蹿上楼，拿周存趣的钥匙开门。他把早餐放在周存趣的床头柜上，然后发条短信：饭在床头柜上了哦，一定要吃哦。（您的智能小助手留。）

周存趣睡醒后看到短信的第一反应都是觉得又好笑又可爱。

钟邱沿上班时间,即使是两趟车中间的间歇时间也不太会给周存趣发信息,他不想自己分神。傍晚出完车,他拎着袋子去给周存趣买新的书。周存趣发短信过来:外婆说快开饭了,你过来了吗?

钟邱沿回:在帮我们爱看书的小聪明买新书。

周存趣低头看着手机屏幕笑起来。钟邱沿一天能给他取八百个昵称。周存趣想了想,回了一条:谢谢嘟嘟。

钟邱沿看到短信咧嘴笑了。

那天晚上,他们下楼散步的时候,周存趣说他决定还是要见周偏妍一面。迟早都是要见的。周偏妍的孩子还小,没办法晚上出去见他。那就只能周存趣白天去见她。这对周存趣来说又是另一种新的挑战。

钟邱沿说会陪他去,如果周偏妍出言不逊,别怪他不客气。周存趣笑说:"妍姐不会的。"

他们定在周偏妍家里见面。钟邱沿载周存趣过去。他看着周存趣换好衣服之后,站在卫生间里绑着自己的头发,绑好又散开,然后再绑上去。周存趣终于有点脱力地问钟邱沿:"我的样子看起来是不是很差?"

钟邱沿抬脚把卫生间门关了起来,拍了下周存趣的肩说:"你的样子看起来很好,别担心。"

那天是周存趣第一次看到白天的楼梯。外婆的家确实已经老旧了。楼梯把手底下的立杆锈迹已经很重,墙面斑驳,贴满了小广告。钟邱沿站在底下一点,伸手说:"南瓜马车已经在楼下了,周存趣小公主我们出发吧。"周存趣忍不住笑起来。

到一楼的时候,"双黄蛋"爷爷一起转过了头。一个说:"这谁啊,咱们楼的?"另一个说:"咱们楼的?"

"你见过吗?"

"没见过啊。"

钟邱沿和周存趣上了车。两个爷爷还在一问一答:"四楼新搬来的是男的女的?"

"刚才那小人儿是男的女的?"

车子开过白天的街道。周存趣感觉自己的眼睛已经有点没办法适应夏日午后的光亮。钟邱沿在车里放着柔缓的音乐,然后说着:"看呀哥,月湖公园的小水鸭们终于醒来了。待会儿我们经过市美术馆,然后转个弯就到了。"

周存趣眯着眼睛,一直没说什么话。到周偏妍家楼下的时候,钟邱沿说:"如果实在太勉强,我们就不上去了。你又没义务一定要替阿山投他的故事。"

周存趣又安静了一会儿,转头朝他笑了下,说:"舞会都要开始了,扶我下马车吧。"

进电梯的时候,钟邱沿都能感到周存趣在发抖。

一个人的二十九年有无数个躁闷的白天,很遗憾,那些记忆对周存趣来说都说不上明朗可爱。

到十层。钟邱沿拉着周存趣出电梯间。1001 的屋门开着。之前周偏妍成家买房装修,都是听过周存趣的建议的。周存趣对里头的布置还算熟悉。

周偏妍靠在玄关口。周存趣朝她笑了下。周偏妍却突然捂着嘴哭了出来。她实在是哭得停不了,伸开手抱住了周存趣。

周偏妍不停地说着:"你怎么那么瘦了,你怎么……"

客厅婴儿床里的小孩忽然也哭了。钟邱沿跑过去抱了起来。周偏妍终于松开了周存趣,转头去看自己的孩子。钟邱沿抱着五个月大的孩子,突然咧嘴对周存趣说:"哥,你要不要抱抱看。她抱起来好暖和啊。"

周偏妍后来坐在沙发上还在碎碎念着:"不是'看起来很可爱'或是'抱起来很轻巧',居然说我女儿抱起来很暖和。"

钟邱沿说:"打住打住,姐,我们来不是为了讨论这个哲学命题的。"

周偏妍看了阿山的稿子,也觉得故事不错,可以试试刊载。她放下纸页,又抬头盯着周存趣看。周偏妍又红了眼睛,轻声说:"我都怕你再不肯出来。这两年都不敢想起你。以前,我有没有做得不好的地方?"

周存趣笑笑,说:"你不要这么想。"

他们下楼之前,周偏妍抱着周存趣不肯放。钟邱沿掰着她的手,说:"可以了,可以了,快被你抱碎了。"

周偏妍抱着孩子送他们下了楼。钟邱沿开动车子,周存趣低着头,一直到车子快开出小区的时候,他回头看了眼周偏妍。周存趣的眼泪突然簌簌地落下来。钟邱沿还是第一次见他那么哭起来,慌得立刻把车靠边停下了。

他们在路边停了很久。周存趣哭得几乎接不上气。他颤抖地低头看着自己消瘦得几乎只剩一副骨骼的手。

钟邱沿握住了他的手腕,另一只手帮周存趣抹了下眼泪,轻声说:"哭饿了,我们回家吃好吃的,想吃什么?"

周存趣仍旧低着头,过了一会儿,轻轻叹了口气。他说:"开车吧。"

钟邱沿发动了车子。车窗外的街景倒退,他们重新退回市美术馆、月湖公园。周存趣看着那排摇头晃脑的猪发呆,突然说:"我想吃泡面。"

钟邱沿看了他一眼,说:"没问题,想要什么口味的都有。"

周存趣抹了下自己脸上的泪痕,说:"要加一颗荷包蛋。"

豆浆油条
DOUJIANG YOUTIAO

[1]

第二天清早,周存趣比钟邱沿先醒了。他从被窝里钻出来呼吸了一下。

周存趣说:"闹钟快响了。"

钟邱沿睁开眼睛,看了眼时间,坐了起来,他又躺回去。闹钟真的响起来。

钟邱沿又爬起来。他站在书堆中间伸了个大大的懒腰。周存趣突然伸脚,轻踹了他一下。钟邱沿差点跪到书上去。周存趣忍不住笑起来。

这段时间,大鱼真的去理发技校进修去了,花钱买了个带假发的假头,听说能从长到短剪个三百来次。

大鱼放假的时候来车站找钟邱沿吃午饭。钟邱沿坐在树荫底下沉思。大鱼打了他一下,问:"在想什么呢?"

钟邱沿说:"在想正事。"

自从走出去见过周偏妍之后,钟邱沿问周存趣想不想把下楼时间提前,看看能不能在白天出门。刘小英一周有两个下午要去老年大学上书法课。其中一天,钟邱沿正好轮休。他们中午吃好饭,刘小英进屋睡了个午觉就出门了。钟邱沿最近给周存趣买了两套更合身的衣服。他比了下周存趣的腰,说:"哥还是要多吃饭,不能挑食,不然揍一顿。"

周存趣笑起来。他现在不管有没有胃口都会逼自己吃点东西下去了。

钟邱沿拉着周存趣说:"午后外头很热,你听那蝉声。"

他在周存趣手里塞了一把小风扇。于是周存趣举着那把粉红色的小风扇,和钟邱沿两个人慢慢走下了楼梯。四楼新搬进来那户是一家三口,小孩四五岁,胖乎乎的一个,借读了附近的幼儿园,所以搬过来了。

那天三楼庄老师家房门洞开着,有几个人在里头讲话。周存趣有点紧张。钟邱沿拍拍他的手,说:"看着我,不看那边。"

他们走到一楼的时候,可能因为底下太热,"双黄蛋"爷爷的桌椅在那儿,人不在。钟邱沿和周存趣坐到了他们的椅子上。他们有一阵也不说话,就盯着眼前的花坛发呆。花坛中间飞过几只蜻蜓。

就那么普通的场景,周存趣恍然如同做梦,就好像他从来没有把自己关起来过两年,今天是他二十九岁的夏天里普通的一天。

钟邱沿在一旁说着,市美术馆中庭有一个很大的玻璃水池,里面种满了荷花,花期的最后几天,去打卡拍照的人好多。他问周存趣想不想去看看。

周存趣还在看眼前翻飞的蜻蜓,轻声说:"那是我们团队设计的。"

钟邱沿转头看他。

周存趣靠到了椅背上,低头说:"是我设计的……"

庄老师去世了。算起来,她比刘小英还小两岁。刘小英中午去参加了葬礼。周存趣坐在餐桌边吃一份钟邱沿点过来的套餐。钟邱沿打电话给他的时候,那头人声嘈杂的,问:"在吃饭了吗?"

周存趣说:"在吃了。"

钟邱沿好像跑到了安静一点的地方,继续问周存趣:"合胃口吗?"

周存趣说:"还不错。"他挺努力地吃掉了大半碗饭。他现在不仅想着要为刘小英的大寿努力,也要为钟邱沿的关心努力。

钟邱沿回来之后听他么说,突然在周存趣脑门上弹了一下,叫道:"'努力强迫症'快从我哥身上走开。我哥已经是世界上最完美的人了。"

周存趣捂着自己的脑门笑了。

刘小英回来的时候显得很疲惫。她坐到沙发上,捶着自己的腿。钟邱沿屁颠屁颠地跑过去给她捏肩。刘小英絮絮叨叨地说，她和庄老师可是革命友谊。两个人一开始都在乡镇小学当老师，然后调到市一小。后来一小改名叫实验小学。她们俩一个当教务处主任，一个当副校长，一直当到退休。

庄老师嗓门大，人很严肃，很晚才谈对象。老公就是刘小英丈夫齐问迁的表弟。两个男的先后脚都走了。

庄老师和刘小英开玩笑说："我们恢复单身生活。"

周存趣出事那年。刘小英心里难受就去庄老师那里哭一哭，回来又乐呵呵地给周存趣做吃的。庄老师被确诊老年痴呆送去疗养院那天，刘小英站在楼底，看着疗养院的车子把她的老朋友拉走。庄老师神志不清地哭闹着，伸手哭着问刘小英："妈妈不是说要吃晚饭了吗？他们要送我去哪里？你告诉我妈妈，我被抓走了。"

刘小英握住她的手，红了眼睛。

刘小英愣神回忆了一会儿，忽然和钟邱沿说："人老了以后，像个没用的包裹。"

钟邱沿说："谁说的，刘小英你是个很有用很了不起的女人。"

刘小英笑起来，叉腰说："那是当然。"

她回头，看到周存趣站在房门边看她。刘小英笑笑说："外婆没事。"她站起身，迈着腿慢吞吞走到周存趣身边，抱了抱周存趣，说："外婆没事。"

[2]

越来越多次在白天走下楼之后，周存趣发现他仿佛是第一次认识一生中的一个白天。他以前没发觉过白天的清晨和白天的傍晚会有不同的气味。

早上他送钟邱沿下楼上班的时候，还是清早六点左右，亲亲家园小区里边有几个早餐店，一早就开始往外冒香喷喷的热气。钟邱沿在周存趣手心里放了一张纸钞，说："你去买早饭试试。"

周存趣走过去，在老板打开大蒸笼拿包子的时候，低头紧张地说："我买一抽小笼包，两袋豆浆……"

老板和他同时被雾气熏得眯起了眼睛。

胖老板手脚麻利地给他把小笼包和豆浆装进一只大塑料袋里，然后又转头去打包什么东西，嘴里说着："慢走啊。"全程也没看周存趣一眼。

周存趣坐在钟邱沿的车上，吸着袋装豆浆，说："好像也没那么难。"

确实没那么难。

一直要到一个多星期后，老板才好像第一次见他一样抬头问了声："新搬来的啊？"

周存趣笑笑。老板顺手多给了他一根油条，说是刚出油锅最好吃。周存趣觉得那根油条吃起来真的特别香。

钟邱沿问他："晚上想吃什么菜，我下了班买过来。"

周存趣想了想，说想吃小黄鱼了。

钟邱沿傍晚下班，刘小英家的门虚掩着。他推门进去，刘小英的四个儿女一齐从沙发上转头看他。刘小英自己坐在餐桌边，朝钟邱沿努努嘴，说："菜放厨房里吧。"

她又朝沙发上的四个人说道："我要做饭了，你们四个什么时候回去？"

刘小英的小女儿齐至秋撇了下嘴，说："妈，你怎么不是说'我要做饭了，你们四个要不要留下来吃点'？"

刘小英懒得理她，站起身要进厨房。齐兰香坐在人群中间，忽然幽幽地冷笑了一声："你还能给他做一辈子饭？"

屋子里的人都不说话了。

刘小英严肃地在餐桌上敲了一下，跟当年赶学生进教室一样，大骂："都走！"

傍晚吃饭的时候，钟邱沿夹起一尾小黄鱼放进周存趣碗里，晃着尾巴说："我挑了很久，挑最新鲜的。但是傍晚了，新鲜的少，你知道吧？"

刘小英把碗伸过去，骂道："给我挑一个新鲜的。"

钟邱沿说："老太太别吃鱼了，鱼刺卡人。"他夹了一筷子上海青在刘小英碗里。

周存趣笑出了声。

晚上周存趣抱着衣服进卫生间洗澡，钟邱沿也跟了进去。

周存趣叹口气说："你现在怎么变态到我洗澡都要跟着了。"

钟邱沿对周存趣说："我想和你说点事。白天他们在客厅里说话，你都听到了？"

周存趣说："嗯，讨论在哪间酒店办酒，办几桌，回礼准备什么。酒店得早订早打算，所以他们急着讨论。"

钟邱沿走过去从背后拍了拍周存趣，问："你还好吗？"

周存趣说："没事。"

他只是听到齐兰香的声音会有点应激反应，所以他在房间里用刘小英的磁带机放歌听。但齐兰香的声音还是蛮有穿透力的。

周存趣说："我妈以前是歌唱家，后来在音乐学院做声乐老师。爸爸呢，是个大学教授。"他忽然又想起了蒋朗语。从小到大周存趣唯一叛逆过的一次，就是小学自己背着琴盒出门上小提琴课，但他没去，他既兴奋又恐惧地躲进家附近的一条弄堂里。他那天也没做其他的事，就只是坐在一把别人不要的椅子上发呆，挨过小提琴课的时间。他百聊赖地抱着自己的小提琴，仰头看别人晒在阳台上的黄桃干。

周存趣收回视线的时候，看到蒋朗语站在巷子口看他。他们对视了一眼，蒋朗语就走掉了。周存趣后来才知道，他跑去告诉了齐兰香，周存趣没去上课。

钟邱沿啊了一声，嘟囔着说他理解不了蒋朗语是什么心态。

周存趣说："因为我们本来就不是什么正常的朋友关系。"

钟邱沿问："那他们打你了没？"

周存趣说，他们不会打人的。他们只会在往后的许多年指着周存趣的鼻子反复提起，他小提琴不好，都是因为他逃掉的那一节课。

钟邱沿换回晚班的那段时间，凌晨下了班就直接回亲亲家园了。周存趣会给他留好门，然后靠在床头边看书边等他。

他们会在刘小英出门上书法课的时间再下楼散步。九月初有一阵子，又开始连绵地下雨。他们散完步，坐在钟邱沿的车里听雨。周存趣说他以前没察觉过，雨落到伞上、落到车顶听起来有种甜滋滋的感觉。晚上，窗外还在下雨。周存趣说他在书上看到一个故事，说是家里的金鱼晚上会趁人类睡着了，穿上人类的拖鞋坐在客厅里看电视。

钟邱沿接话说："它看《小鱼如何成功跃龙门》。"

周存趣笑起来。

第二天一早，钟邱沿打着哈欠从周存趣房间里出来，正碰上早上锻炼回来的刘小英。

刘小英抓着自己的擦汗巾，狐疑地望着他问："不是，你怎么最近好像无时无刻不在我家？"

钟邱沿打着哈哈说："我每天都上班的好不好。"他溜到边上给周存趣倒温水。

刘小英叉着腰在一边说："不对，不是的。你不是最近上晚班吗？白天在我家，晚上上班，白天又在我家……"

钟邱沿推着她，说："老太太快去洗澡吧，你身上都是汗味。你家不就是我家，你不就是我二外婆……"

钟邱沿闪身逃回了周存趣房间里，吐着舌头说："真完蛋。"

[3]

自那以后，钟邱沿多数时间开始回自己那里住了。清早周存趣试着在没有钟邱沿陪着的情况下，站在了屋外。他鼓励自己下去一趟买个早饭试试。周存趣在门外抠了半天墙皮，听着外面的世界慢慢热闹起来。

那天他就那么站了半天，从四楼忽然蹿上来一个小孩，跑到四楼和五楼中间的地方停住了。周存趣看看他，他看看周存趣。

小孩胖乎乎一个，手里捏着半个糯米饭团，嘴角不知道是沾了肉松粒还是什么，看着周存趣叫了一声："姐姐。"

周存趣后来走到楼下，"双黄蛋"爷爷撅着屁股一起站在宣传栏那里读今天刚放进去的早报。一个挠挠头，另一个就会跟着挠挠头。周存趣路过他们，到常去的那间早餐店买早餐。小孩妈妈骑着自行车经过，小孩反坐在车后座，一直开心地朝他挥手。

周存趣接过早饭，在单元楼底下碰到了早锻炼回来的刘小英。

周存趣说："外婆，我买了早饭。"他提了下手里的袋子给刘小英看，然后开了防盗门走进去，就好像他每天都是这样做的一样自然。刘小英跟在他身后进门。他们一前一后走在楼梯上。非常普通的情景，但这情景上一次出现，还是在两年多前了。

那时刘小英走在周存趣身后，周存趣一路走，身上的水珠就一路淌下来，淌到楼梯上。他整个人像是刚从湖里打捞出来，放到这几节楼梯上的。走到五楼，他们还没进门的时候，周存趣就掏出了自己的银行卡放在刘小英手里，面无表情地说："外婆，我把我的房子车子都卖了，钱在卡里。"

刘小英握着那几张湿漉漉的银行卡，抬头看着周存趣。她那时仿佛有某种预感一般，忽然一把拽住周存趣的手把他拉进了家里。刘小英紧紧抱住周存趣，颤抖着语无伦次地不停说："外婆需要你，外婆需要你……"

周存趣站在楼梯上回头看她的时候，刘小英回过神，擦了下自己的眼睛，问他："买了什么早饭？"

周存趣笑笑说："买了油条。给外婆买了小米粥。"

他们一起坐在餐桌边吃早餐。刘小英说最近江边健步道一早就很热闹，好多人锻炼。周存趣听着，偶尔会回应她一句。刘小英看着餐桌布上一个小小的油渍，忽然笑了下，说："没有钟邱沿那个贫嘴在，突然感觉这房子这么安静。"周存趣低头笑起来。

钟邱沿站在自家花圃里打了一串喷嚏，邱雪梅在一边帮他把一株"果汁阳台"月季移栽进花盆里。今天轮休，昨晚下了班钟邱沿就回村里了。他给周存趣发短信说：今天回来带礼物给我哥。

下午，钟邱沿抱着两盆"果汁阳台"挤进屋。然后抱着两盆花到处找周存趣。刘小英坐在客厅沙发上幽幽地说："你搁那练杂技还是怎么？要不就把花放下。"

钟邱沿疑惑道："我哥呢？居然不在家。"

刘小英喝着什么奇怪的补品汤，仰头一口干了之后说："和朋友玩去了。"

周存趣新认识的好朋友，四楼的小胖子幼儿园放了学就跑到五楼约他去楼顶天台玩了。钟邱沿追上去的时候，周存趣坐在一张不知道谁扔在那儿的露营椅上。小胖子趴在一边听周存趣读绘本。他读道："一个下雨天，宇宙中一个星球的一块大陆上，一个国家某座城市的一个街区，一座房子的窗户后面，站着一个小姑娘。她叫玛德琳卡。有一天，玛德琳卡的一颗牙齿要掉啦……

"于是玛德琳卡飞跑出家门，要把这个好消息告诉给街区里的其他

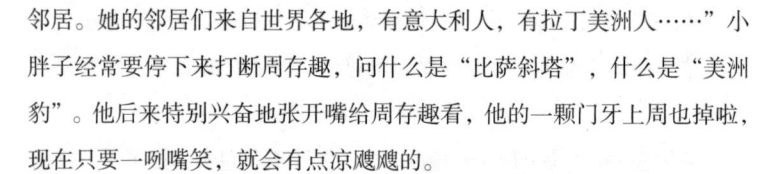

邻居。她的邻居们来自世界各地,有意大利人,有拉丁美洲人……"小胖子经常要停下来打断周存趣,问什么是"比萨斜塔",什么是"美洲豹"。他后来特别兴奋地张开嘴给周存趣看,他的一颗门牙上周也掉啦,现在只要一咧嘴笑,就会有点凉飕飕的。

他为了演示给周存趣看,就一直嘿嘿嘿笑。周存趣也忍不住笑起来。钟邱沿拿手机把那一幕拍了下来。他把那张照片设成了壁纸。

小胖子的妈妈上来喊他下去吃饭。小胖子捏着周存趣的手问:"你明天还带绘本给我看不?"

周存趣点点头。他回身的时候,看到钟邱沿站在一边看他。

钟邱沿跑过去,坐到另一张露营椅上,双手托腮说:"哥哥,我也要听故事。"他本来只是开开玩笑。但那天周存趣忽然伸开手脚,躺在露营椅上,笑说:"来找外婆那天,我是打算再看她一眼就走。那段时间我攒了一大堆没吃的药片,打算一口气吃下去。但是外婆没让我走,她没让我走……"

周存趣顿了一会儿,继续说:"我刚才突然感觉蛮庆幸的。我今天有了钟邱沿这个朋友,还有其他好朋友了欸。"

钟邱沿没说话,轻轻拍了他一下。

他们下去的时候,钟邱沿跟献宝一样把两盆月季拿给周存趣看。他凑到周存趣耳边说:"送给你的,不是送给刘小英的。"

周存趣凑到他耳边回他说:"笨蛋。"

但周存趣其实很喜欢花。两盆橙粉色的月季放在阳台上,一直到九月末。周存趣到阳台上看到了,就会很开心。

傍晚太阳下山前,他把干了的衣服拿下来收起来。刘小英在厨房里一边骂厨房风扇没一点用一边炒菜。钟邱沿帮忙端菜出来,朝阳台喊:"哥,吃饭了。"

周存趣把收下来的衣服扔在沙发上,说自己洗个手。他走进卫生间要洗手,钟邱沿跟进去,然后一定要挤到他边上说:"一起洗一起洗。"

他们打打闹闹地洗完手,转头的时候,突然发现刘小英站在卫生间门口。钟邱沿叫道:"你这老太太怎么走过来也不出声啊。"

刘小英说:"赶紧出来吃饭。以为你俩洗个手还洗出什么难题来了……"

[4]

十月初某天,钟邱沿调回白班,开完最后一趟车是六点多。他拿着自己的水杯走出驾驶位,打算把记录表拿给调度员。钟邱沿那天走进公交总站大厅的时候就看到刘小英抱着自己的小手袋坐在大厅沙发上。

钟邱沿顿了一下,走过去问:"刘小英女士,你怎么不联系我一声就过来找我了?"

刘小英说:"本来没想今天来,突然又想今天来。"

钟邱沿不知道她在说什么,走到饮水机边给她接了杯热水,又走到刘小英身边坐下来。大厅里还有些来来往往的工作人员。刘小英抬头看了眼墙上的时钟,说:"很多年前,城东凤山公园被人放过一把火,当时纵火的、公园里被火赶出来的人,一股脑都抓进去了。我还有印象是因为我们学校有个男老师也进去了。那年我刚退休,听新闻才知道是发生了什么。那男老师后来就辞职了。"

钟邱沿刚要开口说什么,他的手机叮了一声,周存趣给他发了条短信问:下班了吗?

刘小英看着钟邱沿的手机壁纸,屏幕上周存趣拿着绘本,开心地笑着。她和钟邱沿两个人并排靠在一起,沉默地看着公交大厅里偶尔走过的人。刘小英叹口气说:"我对周存趣多好啊,肯定比你对他好。"

钟邱沿说:"你这老太太,你现在要比这个是吧。"

刘小英说:"就比你好。"

她笑了下,继续说:"但是我可以照顾周存趣的时间不多了。虽然我不懂其他的,但我知道你是个蛮好的人,周存趣是个蛮好的人,这就够了。"

刘小英喝了口手里的热水,手有点微微颤抖地和钟邱沿说:"哪天二外婆到天上去了,会保佑你们兄弟俩的,外婆这个人,说到做到。"

清早,周存趣送完钟邱沿上班,开始站在楼底和"双黄蛋"爷爷一起看早报。

那天的早报上说地铁七号线今日全线通车。岩山野生动物园的小老虎突然逃走了,请市民注意生命安全。蓝色多瑙河小区七岁小朋友梦梦的头卡进了小区游乐设施里,施救半个小时后成功取出。

周存趣看得饶有兴趣。他是从社会中逃出来的人,现在看社会新闻,突然有种新奇又有趣的感觉。他甚至蛮有兴致地看了一下地铁七号线途经哪些地方。周存趣看到七号线也会穿过月湖公园。傍晚吃完饭下楼散步的时候,周存趣就拉着钟邱沿去看线路图。钟邱沿说:"笨笨哥,我在手机新闻里早看到了。"

周存趣继续研究着七号线的线路图,突然说:"下次什么时候,我要去坐你开的公交车。"

他们对视了一眼。

周存趣这段时间白天下楼,和人简单交流都完全没有问题了。他们试着在傍晚正喧嚣热闹的时候在面包树街上散步。一开始,周存趣稍微走一会儿就不行了,迎面碰到谁都想躲开。后来,小胖子吃完饭见他们在楼底散步一定要加入。

于是周存趣左边一个钟邱沿,右手拉一个小孩,两个人夹着他在街上走。小胖子一直和周存趣叨叨幼儿园里的事,话密的钟邱沿都插不进去。小胖子把周存趣拉得到处走的时候,钟邱沿在后面怒骂:"小胖子,还给我。"

天气凉起来之后,晚上散完步回来,周存趣和钟邱沿就坐在沙发上陪刘小英一起泡脚。阳台上的晚风吹过来凉丝丝的,刘小英在一边看着电视就开始打瞌睡。周存趣也抚了下自己的头发,突然问:"我现在要一直走出去,这头发是不是该剪了?"

于是那周的某个午后,在进修理发课程两个多月后,大鱼突然被邀请到了刘小英家为周存趣理发。大鱼清了下嗓子,说:"首先感谢趣哥认可我,但是我有点害怕。"

钟邱沿说:"没关系,剪坏了,也就是这辈子走不出这个门而已。"

周存趣笑起来。他说:"就简单剪短就好,没事的。"

大鱼煞有介事地准备了全套工具,从洗头到剪发、刮胡子全套服务。周存趣一直看着镜子里慢慢往地上落的头发。不知道为什么,屋子里的人都没说话,也没做事,就那么站着,安静地看着大鱼把周存趣的头发剪短。

剪完的时候,大鱼揉了下自己的脑门,有点紧张地问周存趣:"怎么样?"

周存趣朝镜子里的大鱼笑笑,说:"特别好。"

周存趣转头问钟邱沿:"怎么样?"

钟邱沿摸了下他的头发,说:"感觉换了个人,真好啊。"

周存趣笑着在他胸口打了一下。

那天晚上,他们一起去了钟邱沿他们桑葚园三兄弟聚会经常去的街边大排档。钟邱沿问周存趣要不要紧。周存趣摇摇头。大排档到晚上八九点钟坐得满满当当。周存趣朝前后望过去,人头仿佛在海面上浮起又落下。阿山过来得晚一点,特别实干地开了一瓶啤酒,他碰了下周存趣的果汁杯说:"来,恭喜趣哥从头开始。我一口干了。"

周存趣笑着举起来喝了半杯。之后他就一直静静地靠在椅背上,听着钟邱沿和阿山、大鱼插科打诨。钟邱沿喝多了酒,脖子也会红成一片。他说到好笑的地方,拉过周存趣一定要说给他听。

周存趣安静听着,心里想起在那之前他把自己锁在房间里兀自失眠读书的七百多个夜晚。那些夜晚像某座井底一声很长很长的回声。

很长很长,长到他以为会永远困在那里。

钟邱沿突然拿手在他面前晃了晃,装那种可爱的语调问:"我们家趣哥是不是困了?"

大鱼啊了声,大叫:"恶心死了钟邱沿。"

钟邱沿敲了下桌子,也叫道:"又不跟你说。"

阿山摆摆手说:"好了好了。哎哎,别真打起来。好了,钟邱……哥,你赶紧拴一下他的狗绳。"

[5]

早上,早饭店老板看到周存趣都会条件反射地问:"豆浆油条小笼包?"周存趣点点头。老板麻利地装好,递给他说:"你也不换换。"

钟邱沿终于说:"哥,你能给我换两样早饭吗?"

周存趣喝了口豆浆,说他之前上班的时候感觉工作室楼下那间咖啡馆的可颂味道不错,于是每天早上都吃可颂,吃了八个月。钟邱沿坐在驾驶位上,拍了下方向盘说:"小周啊,买早饭的任务你就做到今天吧。以后这件事总裁我自己做就可以了。"

他刚要启动车子,副驾驶位的车窗玻璃上贴过来两张一模一样的脸。周存趣和钟邱沿都吓了一跳。一个爷爷说:"今天的早报来了。"

另一个重复:"刚来了。"顿了顿,又问,"你怎么不下来看报?"

"下来看报啊。"

周存趣说:"我今天要去坐早班公交车。"

三分钟后，钟邱沿开车出亲亲家园大门，后座上还坐了两位爷爷，也兴致勃勃地说他们要去坐早班公交。

钟邱沿做完开车前的准备之后，走到车厢后排的位置边上，看着夹在大黄爷爷和二黄爷爷中间的周存趣笑着说："我开这车都开了两三年了，今天又有点激动。因为'领导'检查工作来了。"

大黄爷爷说："别紧张。"二黄爷爷说："也没什么大不了的。"

钟邱沿无语，让他们两个老人家坐好扶牢不要摔出去。

"双黄蛋"爷爷跟着周存趣来回坐了两趟车，在早高峰开始前就提前在月湖公园下车了。二黄爷爷还趴在后车门问周存趣："你不去公园走走啊？"

周存趣笑着摇摇头。

那天一整天，周存趣都特别耐心地坐在钟邱沿开的几趟188路车的后排，手里拿了本杂志。早高峰的时候，车上人挤人，市中心十字路口车子又像头发丝一样缠成一团，半天挪一下。周存趣被过道上几个小学生挤得差点站起来。他一下子非常不适应，感觉头皮都开始发麻。熬完那一趟到终点站之后，钟邱沿跳下车去买了瓶饮料给他。

周存趣说已经好久没见过满车厢疲惫的人了。

大家一大早坐上公交车，日日周而复始，这段奔忙结束了，就换辆公交车换段路程继续。

钟邱沿说他一开始上班的时候碰到早晚高峰期也特别不耐烦。但是他的母亲，钟家村著名思想家邱雪梅女士说："早晚大家都有地方可去不是一件很棒的事情吗？"

一般开到午后，路上就不会上来几个人了。快到末站的时候，车上只有做司机的钟邱沿和唯一的乘客周存趣了。他们一个在车头开车，一个坐在车尾看着杂志。车上的手拉环寂寂地左右摇晃。报站音响一下，车子靠站台停一下，车门开合，再启动。一场小型的仪式。

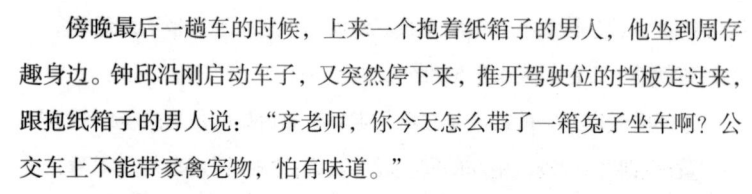

傍晚最后一趟车的时候，上来一个抱着纸箱子的男人，他坐到周存趣身边。钟邱沿刚启动车子，又突然停下来，推开驾驶位的挡板走过来，**跟抱纸箱子的男人说**："齐老师，你今天怎么带了一箱兔子坐车啊？公交车上不能带家禽宠物，怕有味道。"

　　老齐说："电视台边上的草丛里捡的，都蔫了，你看。"一窝兔子和老齐均眼睛圆溜溜地看着钟邱沿。钟邱沿一时语塞。周存趣在边上说："有没有人能来接你一下？坐公交车的话，兔子很容易晕车的。"

　　周存趣帮他把一箱兔子带了下去。两个人站在站台上等人来接。很快就有辆黑色轿车急匆匆过来，车里的男人降下车窗，皱眉问道："你又哪里捡的兔子？"

　　周存趣帮忙开车门。老齐抱着一箱兔子艰难又笨拙地挤进了轿车的副驾驶位，边说着："电视大楼边上……"

　　驾驶位上的人无奈。

　　老齐嘟囔着："开慢点，兔子晕车。"

　　驾驶位上的人应了声，和周存趣道了声谢就走了。

　　等钟邱沿也开着车来接周存趣的时候，周存趣正坐在站台边的椅子上发呆。月湖大道上铺满了黄绿色的落叶，他抬头望着蒙蒙的路灯光。

　　钟邱沿降下车窗问："帅哥，今晚有约吗？要不我请你吃饭？"

　　周存趣笑着说："我在等人来接我。"

　　钟邱沿问："什么啊，你等的人有我好吗？"

　　周存趣开车门坐上去，说："我等的人特别特别好，除了……"

　　钟邱沿忽然吼了声："啊，不许说！不许说！"

　　周存趣哈哈笑起来。

　　那晚他们撇下刘小英，在外面找了间餐馆吃饭。那间餐馆在周存趣家小区后面。他从初高中开始就经常一个人去吃东西。小店连装潢都没怎么变过，暖黄色的灯光底下，几张餐桌。店主穿着条纹灯芯绒布围裙给他们端餐食过来。餐桌边上贴了很多食客的留言和心愿便利条。

周存趣低头吃着椰子红糖汤圆，想起有几个能见度很低的冬天的夜晚，他补完课之后背着书包推开挂了风铃的餐馆小门。他报完菜单之后，坐着等餐，坐着坐着就会睡过去。后来进入社会工作，每年会过来吃一次东西。但他还是日日周而复始的不知道在奔忙什么，不知道什么时候才能睡一次超过八小时的觉。

钟邱沿咬着勺子，抬头去看那些留言。好像某种缘分，他在无数张留言条里面看到了周存趣的那张。

上一次，二十六七岁的周存趣在上面写：天天开心。然后画了一个笑脸。

这张"天天开心"周围还有无数张"天天开心"。周存趣像是连愿望都想不出来，于是随便抄了一张上去，当作他人生的企盼。

周存趣仍旧低头尝着很久没吃过的甜品。钟邱沿忽然站起身把周存趣那张便利条拿了下来，他拿笔写了一会儿，笑眯眯地举起来给周存趣看。

钟邱沿把纸条上的字改成了：我们天天开心。他在周存趣的笑脸边上画了自己的脸，有两道弯弯的眉。

周存趣看着那张纸条，就像看见二十七岁一身疲惫的自己坐在旁边那桌，写完纸条之后随手按在墙上走出了门。

钟邱沿把纸条贴回了原来的地方。

他们开车回亲亲家园的时候，车子再次经过月湖大道。周存趣开了下车窗。他忽然叫道："停一下。"

一分钟后，"双黄蛋"爷爷又爬上了钟邱沿那辆车的车后座。一个爷爷骂另一个："都怪他，都不知道坐哪辆车回家。来回坐错了好几趟。""都怪你。""怪你。""就怪你。"

两个人在车后座吵吵嚷嚷，差点要打起来。钟邱沿无奈道："别吵了,好吵啊你们两个,哎我说……"

周存趣忍不住笑起来。他又转头去看窗外。

月湖公园的小水鸭们又已经开始休息了,大道上的树影与灯光斑驳,有零落的行人漫步街头。

周存趣趴到窗边,望着自己人生里第三十一个秋天。他现在居然真的觉得好开心,开心得有点想流泪。钟邱沿转头看他的时候,周存趣背对着他,肩头微微颤抖,过了一会儿,忽然伸手接住了一片飘下来的落叶。

[6]

刘小英大寿前夕,周存趣就已经能自如地进出亲亲家园了。早上他答应了陪刘小英去江边的健步道走路。周存趣和钟邱沿一起起来。刘小英绑了个运动发带,脖子上缠着擦汗巾。她在玄关口热身的时候,就看到钟邱沿从周存趣背后出来。两个人半睡半醒地并排靠在卫生间里刷牙洗脸,然后半睡半醒地跟在刘小英身后在江边走路。

刘小英朝后吼一声:"跟上来,干吗呢?"

钟邱沿一下惊醒了,大叫:"是,刘老师!"

走完路,他们一起在亲亲家园的早餐店吃早饭。老板在折叠小方桌上放下豆浆油条,说着:"刘老师,这俩都是你孙子啊?之前都不知道。"

刘小英眯眼睛喝着白粥,说:"对啊。"

早餐店的蒸笼扑扑往外冒热气。急着上班和上学的人拎上早饭擦着他们走过。钟邱沿和周存趣碎碎说着什么事情。钟邱沿拉着周存趣,问:"行不行啊?"周存趣笑笑,没说话。

刘小英托腮看着他们,忽然伸手抚了一下周存趣额前的头发。

周存趣抬头看她。刘小英说:"没事,吃饭吧。"

亲亲家园的街坊邻居走进走出的,跟刘小英打完招呼,又忙着做自己的事去了。

一周后，酒店大厅里的人走进走出，也是那样站到刘小英身边，跟她说些祝寿的话。刘小英穿着特别定制的新衣服，笑眯眯地坐在主桌上。

晚饭前，齐至秋拉她出去，大家一起拍一张全家福。大厅里放了一把椅子，刘小英坐下，其他儿孙绕着她站成两排。这种拍照时刻，刘小英总会忽然想起以前在实验小学舞台上给获奖小朋友颁奖拍照的时候。她有些拘谨地坐好，忽然又转回了头。

齐至秋在后排喊："老太太，干吗呢？看前面。"

刘小英在找周存趣。她看到周存趣站在第二排的角落里，周铭和齐兰香像是躲着他一样，站到了齐至秋一家边上去了。刘小英张了张嘴，周存趣咧嘴朝她笑了笑。

临出发前，是齐至秋来家里接的他们。

刘小英和周存趣换好衣服，一起趴在阳台上吹风。空气里有桂花的香气。刘小英笑着说："你还别说，一不小心就活到八十岁了。"

周存趣也笑起来。他看着楼底的报纸告示栏，转头对刘小英说："外婆，一直没说一声，谢谢你。"

他们走进酒店之前，刘小英一直牵着周存趣的手，就好像她很紧张一样。等进了酒店厅堂，祝寿的人群像浪潮涌过来把他们冲散了。刘小英和过去的学生、同事朋友聊着天。她抬头的时候，看到周存趣靠在椅子上和齐至秋说着话。刘小英感觉自己或许是做惯了老师。她一直在心里替周存趣预想着，他应该怎样解释自己消失的两年。但周存趣表现得比她想象中的镇定。他穿着一套钟邱沿和他一起去挑的休闲西服，蛮轻松地靠在自己的位置上。那样子看起来又像是二十九岁以前的周存趣了。

摄像师在前边喊："我数一二三，大家都看镜头哈。"

刘小英转回头，并腿坐好，拍下了她八十岁、子孙满堂的全家福。那张照片后来被洗出来放大，裱了框之后送到亲亲家园三单元五楼。刘小英会在相片上看到，周存趣站在二排的最左侧，周铭和齐兰香站在最右侧。

那天吃饭也是，周存趣坐在刘小英那一桌，周铭和齐兰香挑了另一桌坐。他们自始至终像陌生人一样彼此擦肩而过也不说话。

宴席结束的时候。刘小英在酒店大门口又和几个朋友热聊着。那天真是她人生当中幸福的一天。她不知道在她谈天的时候，周存趣在上齐至秋的车之前被周铭拦了下来。他站到周存趣面前，说："好了，我还是想跟你谈一谈，你接下来打算怎么办？"

周存趣有点茫然地看着自己的爸爸，就是那种突然被大学教授拉住，让他说出人生规划的茫然。

周铭有点生气地问："你不是还打算躲回外婆那里吧？我们抛开别的，周存趣，我跟你抛开别的，你觉不觉得自己的行为非常自私？"

周存趣看着周铭，大脑渐渐适应着再次听到周铭说教的声音。周铭忽然提高嗓音叫道："别的不说，外婆身体多不好你知道吗？"

刘小英突然转回了头。

周铭推了周存趣一下，继续说："外婆去年查出来得了烟雾病，头痛呕吐，还得照顾你。你在干吗呢？躲在房间里看书！"

刘小英站在酒店门口叫起来："不准说了，周铭！"

大厅里进进出出的宾客都停下来看热闹。

但周铭继续对着周存趣大骂："你知不知道现在外面的人都在看我们夫妻俩的笑话，都是因为你……"

刘小英大骂："我说不准再说了，周铭！"

周铭最后说："你不如一辈子躲在里面，干吗还突然出来了……"

刘小英捂着自己的心口，哭叫起来："不要，不要听，周存趣你来外婆这里。"

那天，周存趣转过头望向刘小英，仍旧安慰似的咧嘴朝她笑了一下。

刘小英突然意识到,在过去的二十几年里,是不是有很多次,她明明站在那么近的位置上,但是没有看到那些刺到周存趣身上的伤口。因为他很擅长在这种时候,继续安慰自己,安慰别人。

刘小英朝周存趣伸出手,闭上眼,晕倒在地上。

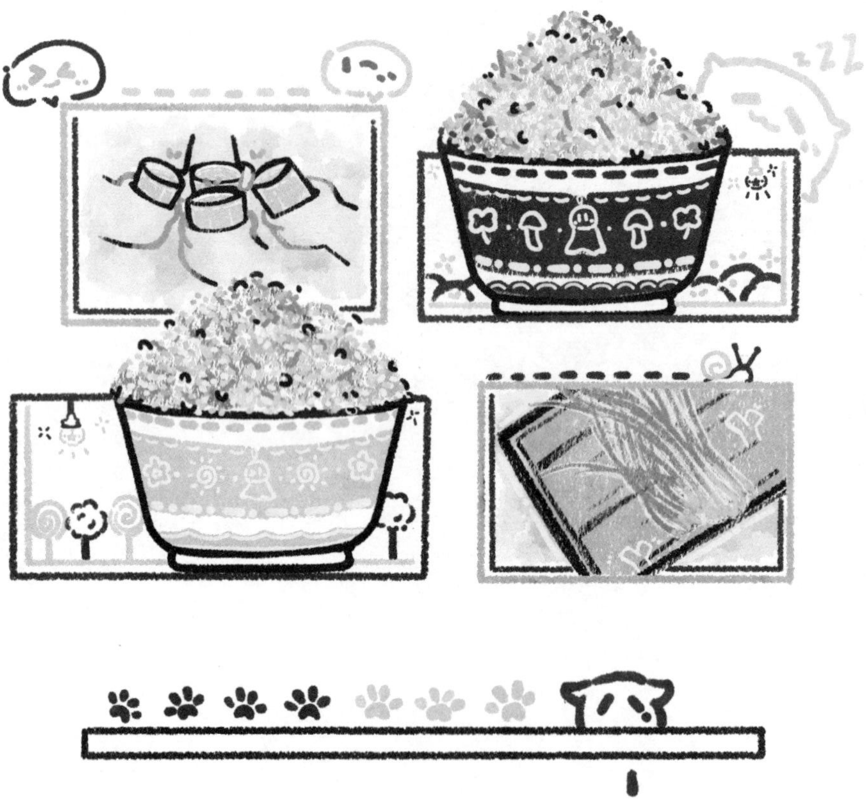

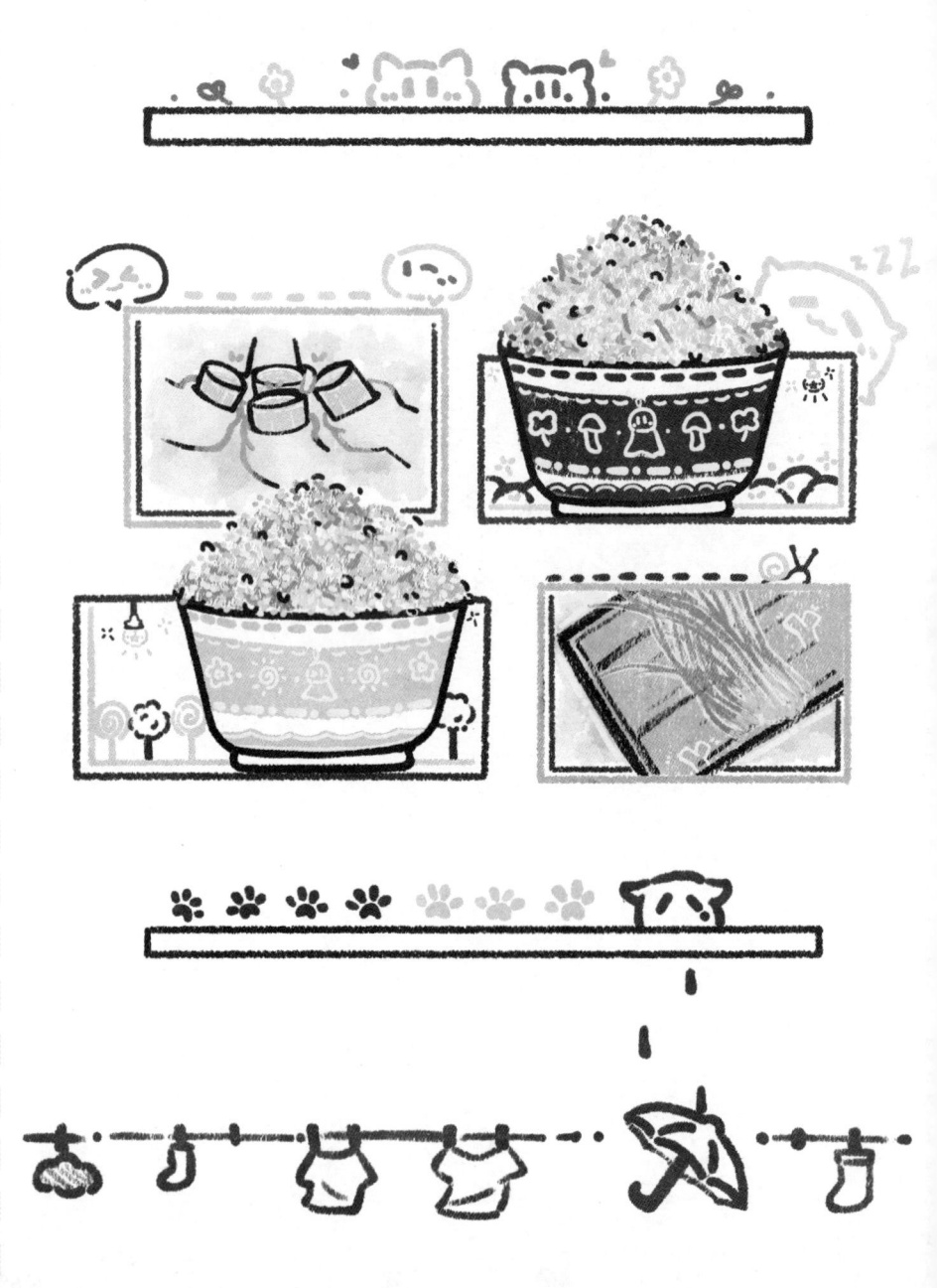

野葱炒饭
YECONG CHAOFAN

[1]

刘小英醒来的时候,天花板很白。她转了转眼睛,病房里只看到齐至秋一个人。已经是第二天中午了。齐至秋问:"还舒服吗?"

刘小英慢慢地恢复着意识,等完全清醒过来的时候,第一句话就是问:"周存趣呢?"

齐至秋倒了半杯热水放在床头柜上,说:"就知道你要问这个。昨晚有人把他接走了。"

十一点左右,钟邱沿手机响了。他看了一眼来电显示,对周存趣说:"老太太应该醒了,来电话了。"

他接起来,压低声音说:"刘小英,你外孙现在在我手上,准备一个亿赎人,不然的话我就撕票了。"

刘小英没说话,钟邱沿说:"那五千万总行了吧。"

刘小英虚弱地笑了一声,说:"你把电话给周存趣,我和他说,在钟邱沿眼里你就值五千万。"

钟邱沿叫起来:"挑拨离间,你真讨厌。"

刘小英叹了口气,问:"周存趣还好?"

钟邱沿不知道在吃着什么东西,支支吾吾说:"挺好啊,放心,我把他带回我家了。"

昨晚,刘小英晕倒之后,酒店门口乱成一团。齐至秋骂了周铭几句,然后抓着手机喊救护车。周存趣仍旧靠在齐至秋的车边上,过了一会儿,突然问周铭:"你们现在是不是对我特别失望?"

周铭愣了一下，问："你说呢？"

周存趣笑了一下，说："那就好。真好。"

等救护车来的时候，周存趣和齐至秋一起跟上了车。刘小英在医院接受了检查，基本没什么大碍。烟雾病本身是个很麻烦很棘手的毛病，就是颅内血管很差，过度换气或者情绪过激都有可能发病。

晚一点，钟邱沿赶过来的时候，周存趣靠在走廊上低头撕着手上的死皮。钟邱沿有点气喘地问他："刘小英怎么样了？"

周存趣说："还好。"

钟邱沿问周存趣："那你还好？"

周存趣点点头。他知道周铭也没说错，他确实很自私地依靠了外婆两年。周存趣垂着眼睛问钟邱沿："你是不是也知道外婆的病。"

钟邱沿说："啊呀，我认识她不就是因为她在路边栽倒了嘛。当时医院检查就说老太太有挺罕见的血管疾病，弄得不好就会晕倒。她醒了自己犟嘴说只是血糖问题。"

周存趣没再说什么。

齐至秋走出病房，让他们先回去休息，待在这里也没什么用。钟邱沿拉着周存趣说："小朋友，月湖公园的小水鸭都睡觉啦，我们也先回去休息吧。"

他把周存趣带上车，车子开回亲亲家园。一路上周存趣神色如常地和钟邱沿聊着天，到家之后，周存趣说这两天降温了，昨天盖的被子太薄了点，白天他刚晒了床厚被子打算换一下。

换被套的时候，钟邱沿爬进被套里在里面拱来拱去，最后也没把被子的四角关系搞明白。周存趣捶了一拳，说："等你套好天都亮了。"

钟邱沿钻出来呼吸了一下，一把把周存趣也抓了进去。新被套里有洗衣粉的香气，钟邱沿说："香喷喷，香喷喷。"周存趣无奈地笑说："能不能先套被套。"

房间里有几摞书摇摇晃晃，忽然轰然砸在另一摞上面。

被套里的两个人都停了下来。

周存趣没钻出来下床整理。他突然躺在那里和钟邱沿说，去年他在一本非虚构小说里边看到一个故事，是讲一个小男孩十三岁的时候因为被诬陷而进了监狱的事。他是一个有智力缺陷而且残疾的小孩，但被关进了成人监狱，判处终身监禁并不得假释。记录下这个故事的那位律师去找这位男孩，已经是十四年后的事了。律师说，他等在探访室里，已经二十七岁的男孩坐着轮椅，被关在一个铁笼子里。律师不知道一位没有攻击性的因犯为什么需要关进笼子里被带出来。总之他被关在笼子里，背对着所有人。等狱警打算打开笼子把他推出来的时候，轮椅卡在了笼子里。所有的狱警使出浑身解数，用蛮力去拉轮椅、扯那位因犯，都没有一点用。

他们最后商量说："要不把笼子放倒，看能不能让他出来。"

律师说，那个有智力缺陷的因犯一直背对着他们，但他看到他的肩颤抖着哭了起来。

周存趣看着钟邱沿说，他第一次读到这个故事的时候也哭了。他明白一种被当成毫无个人意志的物品的感觉。

他说："今天爸爸说，他对我失望了，我突然松了一口气。"

钟邱沿看着他，周存趣的眼睛里忽然溢出了眼泪。他耸着肩哭出了声来。他泪流满面地和钟邱沿说："我松了一口气，他们终于对我失望了。"

第二天早上，钟邱沿嘿嘿笑着说："哥，你眼睛肿得都要睁不开了。"

八九点钟的时候，钟邱沿就开着车带周存趣出门了。

周存趣问："你开去哪儿？"

钟邱沿说："我现在要绑架你。"

周存趣蛮好奇地看着他。跳舞女孩一圈一圈旋转着。车子开上高架又驶下辅道。钟邱沿一路把车开回了钟家村。

钟邱沿的车子开进自己家院子的时候。邱雪梅正穿着睡衣站在院门口和几个老姐妹闲聊。她转头，看着钟邱沿下车。邱雪梅叫道："这不是我失散多个月的儿子吗？儿子认不认识妈妈？"

钟邱沿也叫道："什么妈妈，这不是我貌美如花的姐姐吗？"

说完，他们两个一高一矮，一胖一瘦结结实实地抱了一下。周存趣在副驾驶位上差点笑出来。钟邱沿拉他下车，介绍说："姐，那个，这是我好朋友。"

邱雪梅特别高兴地拉着周存趣转了一圈，说："嘟嘟都没带城里的朋友回来过。快进屋，吃饭了吗？没吃吧。"她又扭头朝屋里喊，"钟宝臣你人呢？嘟嘟带朋友来了！"

钟邱沿努力插话："不是，别叫我嘟嘟。哎，邱雪梅，你听没听见？"

钟邱沿家的自建房前几年拆掉重建过一次。外立面用了一种在周存趣这个建筑设计师看来是灾难性的土黄色瓷砖，而且发着荧光。钟邱沿的卧房更不得了，浅紫色的碎花墙纸，一张镶满塑料钻的巴洛克风格大床。周存趣边看边忍不住笑。钟邱沿问他怎么样。周存趣点点头说："好伟大。"

钟邱沿叫道："什么好伟大。"

周存趣问："王子，你以前每天在这张床上醒来吗？"

钟邱沿忽然拽了周存趣一把，顺势把他带到床上坐下。他说："是的。这两天你在我这里休养休养，反正刘小英也得住院观察几天。你也放宽心在山里呼吸呼吸新鲜空气。"

周存趣躺下来，看着天花板问："你是不是怕我又把自己关在房间里……"

钟邱沿刚要回答，邱雪梅忽然开门进来。他们的谈话中止了。

那天刘小英打电话来的时候，钟邱沿和周存趣正坐在餐桌边吃饭。天气舒适，从窗户望出去，可以望见钟邱沿家的果园。邱雪梅碎嘴的功力比钟邱沿还了得。她说让他们十二月再来一趟，到时可以摘草莓吃。经常有邻居会路过那扇窗户，路过了就停下来和邱雪梅他们聊两句。邻居骑上小摩托走了，邱雪梅还要挪着胖乎乎的身子起身，探出去再说一句："别忘咯，带点种子，别忘了。"

餐厅墙上挂着买年货送的日历和邱雪梅一个人的影楼艺术照。

钟邱沿咬着虾说："这还是被人骗了，花大几千拍的。结果拍出来就这风格，她还哭着在家里到处挂。"

邱雪梅脸红了一下，囔囔："说这个干吗？"她忽然举起杯子说，"来，为我失而复得的儿子和我儿子的好朋友，干一杯。"

他们一家三口条件反射地站起身准备好干杯，周存趣愣了一下。

就在这时候，刘小英的电话打了过来。周存趣接起来的时候，另外三个人还站在那儿，等着他干杯。

刘小英在那头说着："外婆没什么大事，你小姨管着我不让我出院呢。你还好？"

周存趣抬头看着那一家三口还举着杯子，保持好姿势特别殷切地等着他。

周存趣忍不住笑着说："我挺好的，外婆。"

他挂断了电话，把自己那杯热水举起来，和他们碰了一下。

[2]

周存趣发现，他们认识以来，钟邱沿习惯了听他说他的事，但其实很少说起自己的事，他知道的那些还是大鱼或者阿山说出来的。他和一家三口吃完饭，钟邱沿带他到山林里去玩的时候才漫不经心地说起，钟宝臣不是他亲生父亲。他老爸在他不到一岁的时候就患病去世了。邱雪梅后来就改嫁给了钟宝臣。钟邱沿小时候也不知道这些,但村里就是有爱说长道短的人特意要来告诉他。他那时候七八岁,知道自己的爸爸不是亲生爸爸,其实非常不知所措。

那时钟宝臣还在火葬场当锅炉工,也不是什么特别好的工作。学校里的同学经常拿这个取笑钟邱沿,钟邱沿有段时间就特别不想去学校。钟宝臣有天下班回家早,看见钟邱沿坐在村口小卖部门口看别的孩子玩卡片。

钟宝臣问他怎么这个点没在学校。钟邱沿没理他,站起身撒腿就往溪边跑。钟宝臣骑着自行车在后面追他。钟邱沿哭着说:"都是你,都怪你。"

钟宝臣追上他的时候,扯着钟邱沿的胳膊不让他跑了。钟邱沿就打他,把他手里的东西打得散了一地,是小卖部门口的孩子在玩的卡片。钟宝臣给他买了两包。他有点尴尬地问:"你是想玩这个吗?"

钟邱沿低着头,眼泪滴到了地面的卡片上。

钟邱沿拿树枝打着地上的野花野草,对周存趣说:"反正钟宝臣其实是个蛮好的人。"

他们两个在山上逛了一会儿。钟邱沿采了点胡葱,说是这个炒饭特别香。他们回了家,把葱顺手放在院子里,再出来的时候,钟宝臣已经用井水把葱洗干净放在案台边了。

钟邱沿开公交车之前也去学过做菜,还有点手艺。周存趣站在厨房后的门口看他炒饭。邱雪梅路过的时候,说了一声:"不得了,大厨一年就动一次火。"

做完之后,他们一人捧一碗炒饭,坐在后院的凉榻上吃。钟邱沿问周存趣好不好吃,周存趣说:"特别好吃。"

[3]

他们在钟家村待了三四天，邱雪梅就特别快乐地找各种新鲜蔬菜给他们做了三四天不重样的东西。他们要走的前一天晚上，吃完饭钟邱沿帮着钟宝臣修什么东西去了。周存趣坐在前院的凉榻上，穿了件钟邱沿的灯芯绒外套在那儿吹晚风。

邱雪梅在他身边坐下，把他的手拿起来看了一会儿，说："你还是太瘦了，像一直没吃过饱饭似的，不能吧。"

周存趣笑笑。他也不是吃不饱饭，他是吃不下饭。有段时间，吃饭都觉得很痛苦。邱雪梅低头翻了翻自己胖乎乎的手掌，说："我是不是太心宽体胖了。不过钟邱沿像我，什么事都不爱放在心上。他也从来没说起他在城里过得好不好，回来就是那副大咧咧的样子。做公车司机吧，也不是多轻松的活，反正他觉得挺好的……"

邱雪梅问周存趣："你知道他在城里过得好吗？"

周存趣也看着她。

第二天回程的路上，钟邱沿问周存趣："昨天忘了问，邱雪梅晚上拉着你说什么了，说那么大半天。"

周存趣说："阿姨后来一直说她为了减肥付出了多少努力，结果还是像吹气球一样胖起来了。说着说着就哭了。"

钟邱沿笑起来，说："她边乱吃东西边减肥。"

他们到亲亲家园的时候，刘小英已经在家了。一个人刚洗完澡，坐在沙发上看早间新闻。钟邱沿急匆匆地进周存趣房间换了工作服，下楼开车上班去了。他出门前，朝周存趣说："好好待在家哦。"

周存趣朝他挥挥手。

那天不知道是不是早上从村里赶回来太疲惫，钟邱沿有点注意力不集中，开到半路的时候前面突然蹿上去一辆车，他紧急踩了刹车。一车的乘客都朝前倒过来。有几个乘客站在前边骂咧咧的。

傍晚的时候，钟邱沿和一个乘客起了冲突。他一般很少在乘客开口骂人的时候也跟着开口，规定了不许那样，钟邱沿也不是脾气很冲的人。但那天他脾气也上来了，坐在驾驶位上跟人吵。吵起来，这件事就大了。乘客一投诉，他就要罚款并向领导检讨汇报。所以那天钟邱沿很晚才开着车回家。

他把车停到亲亲家园三单元楼下的时候，周存趣还坐在楼底"双黄蛋"爷爷的椅子上等他吃晚饭。钟邱沿坐在驾驶位上调整了一下情绪，下车的时候还是笑眯眯的，走过去俯下身问周存趣："不是让你别等我了先吃饭吗？"

周存趣摇摇头，说："外婆先吃了，我等你。"

钟邱沿拉着他上楼。三单元的楼道灯总是时有时无的，钟邱沿走在周存趣前面像个游动的影子。周存趣在他身后说今天下午二黄爷爷下楼梯的时候崴了脚，摔下去，被救护车拉走了。钟邱沿应和着。到五楼门口的时候，周存趣捏了捏钟邱沿的手背问："今天不开心？"

钟邱沿转头说："委屈死我了呢。"

周存趣摸了摸他的头，问："谁欺负我们家嘟嘟了。"

钟邱沿说着白天发生的事，两个人在门口不进屋。刘小英终于推开门打算去找他们，屋里一个人和屋外两个人都吓了一跳。

刘小英摸着自己的胸口说："我又要晕了。"

钟邱沿扶住她说："你别晕，别吓人啊你。"

刘小英怒骂："你们俩才吓人呢，也不进来吃饭，一天到晚，见了面之后就跟两根橡皮糖一样黏在一起，真是的。"

周存趣红着脸扑哧一声笑出来。

钟邱沿嚷嚷："你羡慕吧你就。"

刘小英叉腰说:"我羡慕你,我有什么可羡慕你的……"

周存趣在中间打了圆场,拉着两个人进了屋。

晚上,周存趣说:"阿姨昨晚还问我,你在城里过得好不好。我发现我都不敢说好或者不好。因为你不和我说你好不好。"

钟邱沿看着他。

周存趣继续说:"你可以和我说的。我也是个成年人了,不用太过度保护我。我没事。"

顿了顿,周存趣又说:"我也想保护你的。"

周存趣打开了两年多没用的那个手机。很多软件的账户都已经登录失效了,很多他连密码都已经忘记。邮箱里挤满了垃圾邮件,月月不落地来问候他的只有银行的提醒函。他登录进社交软件,消息像雪花片一样纷纷扬扬。周存趣把手机放在餐桌上,看着红点布满屏幕。一个人在世上所有的社交就是以这样的方式可视化的。

周存趣没去看周铭和齐兰香发过来的消息,剩下的就是一些过去时常联络的朋友和工作伙伴。有很多列表里的人是你即使消失了两年,他们也不会发觉的。

他点开一些信息,删掉一些,用一个下午的时间翻阅了堆积的消息。周存趣后来和钟邱沿说,他没有回复任何一个人,最后只是给之前的朋友兼工作伙伴施淑元发了一则简短的解释。

施淑元很快回复他说:我也真想抛下这些狗屁倒灶的事情从世界上消失啊。那好,能见面聊聊吗?

周存趣约了她周末见面。施淑元现在自己在国内成立了一间工作室。她来的时候,穿着连衣裙,上裹皮衣,在快接近零度的天气风风火火地推开咖啡店的门走了进来。周存趣说:"外面不是阴天吗,你这墨镜是防雾霾的吗?"

施淑元叫道："别一见面又阴阳怪气的你。"

周存趣笑起来。他们一时无话。

施淑元点了下桌子，说："你之前走了以后，发生了什么我都零零星星听说了。你知道我不是别人，我想吧，人其实连躲起来都是需要勇气的。现在你又走出来了，那就是另外一份勇气。那你怎么想？"

周存趣喝了口咖啡，然后吐了下舌头说："现在喝不惯这个。"

他低头看着咖啡杯中间的小漩涡，过了一会儿，阳光从云层破开，透过落地窗落到周存趣的手边。

施淑元嘟囔着："这不就开始出太阳了吗，我戴墨镜怎么了……"

周存趣抬头笑着说："现在我有了特别想好好经营的生活了。"

他有点害羞地朝施淑元笑笑。

[4]

周存趣决定去帮施淑元做一段时间项目，恢复恢复工作的感觉。他第一次出门上班那天，钟邱沿载周存趣去的施淑元工作室楼下。周存趣拿着电脑包要下车的时候，钟邱沿叹了口气说："有种孩子离家上学的不安。"

周存趣笑着说："爸爸，路上开车小心。"

他刚到办公室，钟邱沿又发信息和他说："在幼儿园待得不开心就打电话给爸爸，爸爸来接你。"

周存趣低头盯着屏幕笑起来。施淑元在他面前打了一声响指，说："别傻愣着了，我一个资本家，看不得员工偷懒。"

周存趣坐到了给他清出来的办公位上。他比自己想象中的还要快进入工作状态。早上和施淑元的团队开完会，把交办给他的事项理清楚之后他就上手了。中午吃饭的时候，施淑元问他适不适应。

周存趣说还可以。他之前坐在工作室里对着两台台式、一台笔记本电脑工作的时候，屋内暖气也是那样开到最足。他常觉得自己像块被烘烤过度的地瓜干，正在起皱蜷曲，被抽干了最后一点水分。工作一会儿确实很容易就精力用尽想休息，他便起身到茶水间里去站一站。

茶水间是透明茶色玻璃围起来的一小间，里面有两套桌椅。格子间里大家都不太交谈，地上铺着薄薄的地毯。有个保洁员在一边给几盆大盆栽喷着水。周存趣回过神才回想起来，他已经不在亲亲家园三单元五楼的书堆中间了。他真的又开始走进社会工作了。

那天上完班已经七点多了。周存趣下楼，钟邱沿的车就停在楼下。周存趣坐上副驾驶位，钟邱沿掏了盒蘑菇力出来扔进周存趣怀里，说："奖励我哥的。"

周存趣很开心，跟拿了奖似的。钟邱沿开车回家的路上，他就拆开包装开始吃了。钟邱沿说："待会儿刘小英该说了，饭也不好好吃，尽吃小零食。"

周存趣笑笑，也塞了一颗蘑菇力给他。

那天周存趣可能工作累了，晚饭还是吃下去很多，睡觉也睡得很沉。刘小英坐在沙发上边泡着脚，边扭头看着周存趣和钟邱沿坐在四方小餐桌上吃晚饭。钟邱沿吃一会儿，习惯性就会给周存趣夹一筷子肉。他们在那盏暖黄色的吊灯底下坐着，慢慢吃着饭，不知道聊着什么。

刘小英看着这间和自己差不多大，老得有点掉墙皮的屋子，前几年六楼那户人家水管漏水，把她的天花板漏出了两大片霉斑。她那四个儿女有一次问她要不要重新装修一下。刘小英想，装修了变亮堂了又怎么样，她还是喜欢生活在堆满她的东西、旧到掉墙皮的这个家里。

她一生的成就也在这个家的客厅里放着，一矮柜的奖状和奖杯，一张八十大寿的全家福。这是刘小英满满当当的一生。

一个月后，周存趣第一次陪着施淑元去见一个客户。他顺便提前下班回了家。进家门的时候,厨房里没什么动静。电饭煲也是空的。周存趣叫了一声:"外婆?"没人应他。

周存趣打开了刘小英的房门。今早他和钟邱沿都急匆匆地上班去了,没留意刘小英早上没有出去锻炼。

她一直睡在床上,特别安静地走了。

周存趣站在床边,看着闭着眼睛仍旧在沉睡中的外婆。

后面几天收拾遗物的时候,周存趣在刘小英的写字桌抽屉里发现一封很早之前就写好的给他的信。

存趣,如果你看到这封信,那说明外婆是不是去见你外公了?这两年其实外婆挺开心的,这是真话。我在陪着你的同时,你不是也在陪着我吗?你小姨老说我特别偏心你,但其实不是。存趣,那天不管是我哪个孙子或者外孙坐在我的楼下,我都是那个态度。我能做的也只有这些了。这两天我老会想起,你小的时候住在我这儿,你外公骑自行车载着我在楼下停住,你就趴在阳台上喊"外公外婆",然后再蹲下去,躲起来,不让我们找到你。但是我一定会找到你,不管你是躲到窗帘后面,还是躲在卫生间里,还是藏进衣橱里。你那时会惊讶地大叫,然后扑上来笑着抱我。我喜欢你笑。

存趣,我定了遗嘱,死后就把这套房子遗赠给你。不管他们说我偏心还是什么都好,我都死了,我才不管他们。还有你之前交给我的银行卡,都在外婆衣柜的一个小首饰盒里,里边的钱没有动过。

宝贝外孙,好好住在外婆的房子里,这样外婆才可以找到你。

刘小英

周存趣一直坐在阳台的躺椅里,手里握着这封信。他又看见了手边那只清理得干干净净的茶叶罐。他一直看着阳台的窗外。

刘小英前几天还和他趴在阳台上发呆,说:"前面那小区造起来听说房价可贵了,我想住着也不就是这回事。我这间老破小屋子住着很舒服的啊……"

全家福照片上,刘小英穿着玫瑰红的套装裙,并腿看着镜头。她因为当惯了老师,不笑的时候,有种威严感。

周存趣站起身,趴上去看。

十几年前,齐问迁骑着一辆吱嘎作响的自行车载刘小英回家。他们在楼下停好车,不知道在争执什么。

周存趣的眼泪滴下来。

齐问迁嘟囔着:"是不是下雨了。"刘小英凶巴巴地说:"那赶紧回家收衣服啊,真是的。"

周存趣朝下面轻声地喊:"外公,外婆……"

[5]

雨就那么一直下。

写完那封信的时候,刘小英抬头,才发觉客厅里变得很昏暗。她因为头痛,在写字桌前长久地撑着额头坐着,望着外头的雨帘发呆。

周存趣拿着自己的水杯出来了一趟。刘小英看着他倒好水,又穿着凉拖慢慢走回了自己房间。房门合上,下一次不知道什么时候会再开。

刘小英那天下楼想去找一个老朋友问点事。她走到面包树街的路口的时候,茫然地站了一会儿,忘了自己要去哪个方向。她就撑着一把很大的深蓝色长柄伞在路口停了下来。那时街口便利店边上支了一个算命的摊。有个胖乎乎的女人坐到了算命老头的面前。

她问:"算一次多少钱?"

老头问:"你算什么?"

女人撑着头说:"我有个儿子,人蛮好的,乐观勤快,就是从小吧也不会读书,之前说是想开餐馆结果没开成,现在在做公交车司机了。初中那会儿,老师跟我说啊,他实在太闹了,就让他一个人坐在窗边的角落里。结果他就在那儿不知道用什么东西卸窗玻璃,老师起劲上课,他起劲地卸,把窗户整个卸下来了……"

老头睁着一只玻璃珠一样的眼球打断了她一下,问:"你到底是要问什么?"

女人哦哦了几声,说:"啊呀,就是问问我们家小子的姻缘。他八字看着不错的,人也可帅气了。后来他把窗户卸下来,后排同学都冻感冒了,我还被老师叫去说了一顿。反正就类似的事可多了。我和他爸都知道那小子不是个能有出息的料,何况现在小姑娘家挑呀。前段时间吧,我隔壁村的姐妹给牵了回线,人家听说我儿子学历不怎么样,还是个公交车司机,就说算了。然后还有前天,我隔壁的隔壁村的姐妹,说她有个表妹的女儿,年纪和我儿子差不多,但是……后来我另外一个姐妹……"

算命老头忍不住又打断了她,说:"行了,你转吧。"

于是女人哦了一声,转了转算命老头跟前的盘子。那时刘小英已经举着伞坐到了女人身边。

老头拨着解签,翻了翻眼皮,说:"放心,他以后生活差不了。"

女人特别开心地凑上去问:"对方是怎么样的人啊?"

老头忽然转着那只视力正常的眼睛看了一眼刘小英。

刘小英嘀咕了一声:"这真的准吗?"

雨从便利店的屋檐上滴滴答答地落下来。女人拿过刘小英手里那把巨大的伞,撑着她们两个。

老头推了推盘子,说:"你问什么?"

刘小英摸了一下左手的玉镯子，有点犹豫地看了一眼在场的两个人。她说："我问问我外孙。他以后……"

刘小英没再说下去，然后就伸出了一只手转了下那只盘子。算命老头翻着签书的当口，刘小英就想站起身走了。女人拽了她一下说："大姐，他还没说呀。"

算命老头抽出解签，说道："他的事不用急，很快就有转机了。"

刘小英笑笑，礼貌地从女人手里拿过了伞。她迈着腿，有点茫然地朝便利店的另一侧走去。女人忽然追上了她，问道："大姐，你吃饭了吗？要不我请你吃饭？"

刘小英那天就真的跟着这个女人进了街边的一间小炒店吃东西。上菜前有一阵，她们两个就对坐着，看着窗外被风吹得猎猎作响的招牌发呆。女人指了指街边一辆货车说："我今天进城送货，我老公腰痛起不来，就我自己来了。"她摩挲着自己一双粗糙的手说："大姐，我和你是陌生人，如果你有啥心事没人说，你不介意的话，也可以和我说说。我这个人心宽体胖，明天就忘了，不会说给别人听的。"

刘小英看着她。

服务生把一大碗蛋汤放到桌子上。女人忙着给刘小英舀汤盛饭。后来上来几盘时蔬、鱼肉，桌面上铺得满满当当。女人也没再问她什么，就和刘小英边吃饭边闲聊几句最近的天气。

快正午的点，小炒店里挤满了常客。地面湿滑，雨伞上的水滴得到处都是。刘小英在热腾腾的饭菜中间抬起头说："我外孙，两年没走出过家门了。"

女人咬着肉愣了一下。

刘小英继续说："他除了吃饭喝水，连房间都很少走出来。去年初有一天，半夜里我醒了，推开门看。他一个人坐在阳台上，一支接一支地抽烟，抽完了站起身看看外面。那天我总感觉，他是不是有想往下跳的念头了。第二天我问他，问的时候忍不住哭起来。他就那么坐着，低头看看饭，看看我，说'对不起，外婆'。我说不要对不起，但是一定不要在外婆的房子里这样，外婆会受不了。昨晚我做梦了，梦到我们家死老头和我说，小英你可以过来了，我说我现在还不敢过来……"

刘小英转头看向窗外，流着眼泪说："我就感觉，我们两个人，住在一个屋子里。他为了我在努力挨下去，我为了他在努力挨下去。但是我这一年真是越来越感到力不从心。总觉得，老头子确实要来接我了……"

刘小英回过神的时候，餐桌对面的人耸着肩哭得比她都伤心。女人后来胡乱抹了下眼泪，招手让服务生结了账。

他们撑伞走出小炒店的店门。女人跑去车上拿了一小盆月季花塞进了刘小英怀里。她笑说："大姐，刚才算命那老头不是说，你外孙的事马上有转机了吗。你再等等，马上就有转机了。"

刘小英左手拿着那把巨大的长柄伞，右手抱着一盆橙粉色的月季花站在街头。女人爬上货车，朝她挥了挥手，说："再见啊。"

邱雪梅瞥了一眼刘小英那张八十大寿的全家福。

办完房子的过户手续后不久，钟邱沿就退了自己那间出租房，搬来和周存趣一起住了。邱雪梅进城送货那天，想给钟邱沿送点草莓吃。

钟邱沿夹着手机，边搬东西边说："我不住原先那里了。"

等邱雪梅走上亲亲家园三单元五楼的时候。钟邱沿正和周存趣把房间里的书慢腾腾地摞到一边，摞成两面书墙。房间忽然变得十分空旷，地板上一层薄薄的灰尘，中间有书的影子。等用扫帚扫过，拖把拖过之后，就什么都不剩下了，好像世界上从来没有存在过一间书堆像荒草般丛生的房间。他们在空出来的地方放上了一起买回来的不规则形状的地毯。在书墙边上摆上沙发床。

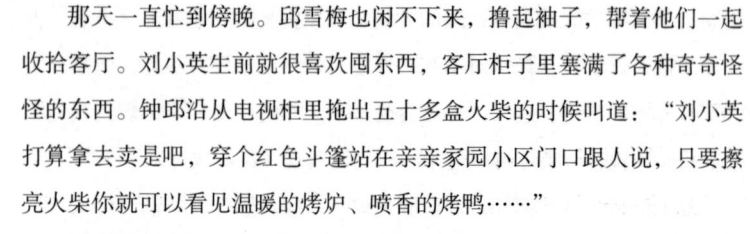

那天一直忙到傍晚。邱雪梅也闲不下来，撸起袖子，帮着他们一起收拾客厅。刘小英生前就很喜欢囤东西，客厅柜子里塞满了各种奇奇怪怪的东西。钟邱沿从电视柜里拖出五十多盒火柴的时候叫道："刘小英打算拿去卖是吧，穿个红色斗篷站在亲亲家园小区门口跟人说，只要擦亮火柴你就可以看见温暖的烤炉、喷香的烤鸭……"

周存趣还在矮柜底下发现了一大包纽扣。刘小英收藏了很多看起来非常漂亮的扣子。他们把那些东西用塑料箱子分类装好，一起放进了刘小英的房间里。

矮柜顶上放了一张刘小英四十来岁时的黑白相片，梳两根麻花辫，穿白衬衫。钟邱沿用刘小英留下的火柴点了两支香，举在手里说："二外婆，我正式住进来了，和你说一声。别忘了你答应过我什么。"

然后他给刘小英供了两排 AD 钙奶，因为刘小英生前有阵子特别喜欢喝。他又双手合十拜了拜，说："不够托梦和我说。"

邱雪梅站在他身后又抬头看了一眼那张全家福。她总觉得正中间这张脸面熟，但想不起在哪里见过。她打了个冷战，紧了紧自己的外套，忽然叫起来："啊呀，嘟嘟啊，光忙着干活把你爸忘在客户那里了。我得走了，天哪。"

她留下两篮草莓匆匆跑下了楼。

那天，钟邱沿和周存趣自己做了一大桌菜庆祝搬家。他们在暖黄色的吊灯下碰了碰酒杯。

三十多年后，亲亲家园三单元五楼终于换了新的住客。他们会把霉斑弥漫的墙皮重新粉刷一遍，换掉客厅掉皮的沙发，给餐桌铺上暖黄色的桌布和透明隔热垫。

那年除夕，钟邱沿得回钟家村过年。周存趣一个人留在亲亲家园。

他自己稍微做了点菜，然后开了一瓶红酒。周存趣朝刘小英的照片举了一下酒杯,说:"外婆,新年快乐。"

钟邱沿隔一会儿就会给他发条短信,在那头哀号:我怎么能扔下哥一个人过年?!

周存趣回他说:你好好吃年夜饭吧。

他走过去开了客厅的电视机。但不知道怎么了,自从刘小英走了之后,电视机就隔三岔五出状况。

前两年过年,刘小英会被接走,去和四个儿女吃团圆饭。她走之前会在餐桌上做满好吃的,然后敲敲周存趣的房门说:"外婆回来再给你打包点好吃的。"

周存趣一般都不太会去吃。他那时差不多是忘记了那天是除夕,第二天就是新的一年了。他只会在口渴的时候出来喝杯水,然后被窗外的烟花礼炮声吓到,有点茫然地望着外面的热闹。

今年钟邱沿很早就开始念叨了,问他跟不跟着他回钟家村吃年夜饭。周存趣摇摇头,他会觉得特别不好意思。于是钟邱沿还是自己回去了,然后在过了零点之后,飙车又从村里赶了回来。

那时周存趣刚洗好澡,盘腿坐在客厅里读一本不太费神的短篇小说集。钟邱沿拿钥匙开门进去,一身寒意地脱着鞋子说:"冻死我了。"

周存趣转头看着他。钟邱沿脱掉外套,滑到沙发边坐下,说:"新年第一次见面。"

周存趣说:"你上午刚走。"

钟邱沿又嚷嚷起来了:"你真的好听话过敏是吧,周存趣。"

周存趣笑起来。

钟邱沿修好电视机之后,他们一起看了一会儿电视。周存趣后来在沙发上睡着了。他醒过来的时候,客厅灯暗着,身边空空荡荡。他身上盖着毯子,时间是凌晨两点,也是他经常走出房间晃荡的点。客厅茶几上放着两盒蘑菇力。他慌乱地起身,到处找钟邱沿,有点着急地推开房门、卫生间的门。

周存趣转头,忽然看到钟邱沿拿着茶叶罐,趴在阳台上抽着烟看远处绽开的烟花。周存趣身上裹着毯子,走到钟邱沿背后,伸手拿过钟邱沿手上的烟抽了一口。烟头像一颗红色的小星星点在雾蒙蒙蓝色的夜空里。周存趣抬头朝空中吐了口烟。

钟邱沿回头,拿手背拍了下周存趣,笑着对他说:"新年好啊。"

周存趣轻声说:"新年好。"

稚茸炊饭

ZHIRONG CHUIFAN

[1]

年后,大鱼以及阿山两口子提着一些新鲜蔬果去亲亲家园找钟邱沿他们聚餐。他们到面包树街口的时候,就看到一辆小轿车歪挤在便利店边上的一条巷弄里,弄堂里的电瓶车嘀嘀地乱按喇叭,弄堂外边急着进去的车也嘟嘟按喇叭。

钟邱沿终于从副驾驶位上钻出来,打开驾驶位的门,说:"下来吧,大哥。"

周存趣下车,摸了摸鼻子,就在弄堂口站着,看钟邱沿把车倒出来。

吃晚饭的时候,周存趣说年后施淑元借了他一辆车。他两年多没开过车,对城区路况也已经陌生。这几天钟邱沿在培训他上路。钟邱沿评价周存趣戴着近视眼镜开车的样子像极了老大爷勾着腰下象棋,真正的举棋不定。他们开回面包树街的路上,他都能边犹疑边拐进巷子里,然后堵死在里面。

过几天,钟邱沿就挺兴奋地和大鱼说:"我跟你说好厉害,今天周存趣能自己开车上班去了。我看了一下,开得还行,也就比别人慢十来分钟吧,蛮好的。"

大鱼在电话那头说:"太厉害了,趣哥甚至能边呼吸边开车。"

周存趣下车锁车的时候打了一串喷嚏。他上楼进工作室,隔间会议室桌子上已经放了他们这次项目的立体模型。过一会儿,施淑元让他进会议室一起讨论。周存趣脱了外衣,坐到客户对面的位置上。

他和客户说话的时候,施淑元看着他,会想起之前和周存趣共事的时候。周存趣是那种很独的人,最擅长的是咬紧牙关闷头做事。施淑元有时路过他的工位,就看他神经质地在那里抚平贴在设计案上那张索引贴翘起来的角。他们那时常去工作单位不远的一间居酒屋喝酒聚餐。周存趣挺会喝的,可以自己一个人坐在卡座里边倒酒边喝,喝很久。散场的时候抓着外衣站起身去厕所间里吐干净。他出来的时候,施淑元用中文问他是不是不舒服。周存趣靠在居酒屋门口,眼神茫然地望着她,却用英文说:"哦,原来你也是中国人。"

共事了很久,他甚至没关注过施淑元也是中国人,甚至是他老乡。

他就是这种人。

但那天,和客户聊完之后,施淑元和周存趣到大厦边上的吸烟角抽烟。周存趣靠在墙边,板着脸和施淑元又谈起刚才的项目。

施淑元越过他看见一辆黑色越野车在大厦门前停下。钟邱沿拎着一只粉红小猪便当袋跑过来,边跑还边向周存趣挥着手。周存趣低头扑哧笑出声来,摁灭了手里的烟头。钟邱沿跑到他面前的时候,忽然咋咋呼呼道:"怎么到室外都不穿件外套啊。"

周存趣想说下楼抽口烟就上去的,时间也不长。钟邱沿已经带着他往车里走,边走边继续说:"今天休息,中午给你做了爱心便当,感动吗?感动请扣1,感动哭了请扣2。又要好听话过敏请闭嘴。"

周存趣整个人笑翻了,笑了好一会儿,转头的时候,发现施淑元眯着眼睛像观赏动物园小动物一样看着他们。

那之后,施淑元看到钟邱沿就会和周存趣说那只粉红小猪来了。周存趣佯怒道:"别这么叫他。"

施淑元笑道:"他真好啊,看起来无忧无虑的。"

她和周存趣两个人趴在工作室大厦的过道天桥上,看着无忧无虑的钟邱沿在楼底锁好车,转着车钥匙想进大厦找周存趣。钥匙转着转着飞出去了,他又开始在那儿急匆匆地到处找钥匙。天桥上的两个人都看得笑起来。

那天钟邱沿接周存趣回家之后,走上亲亲家园五楼,大鱼和阿山又已经拎着几只塑料袋等在门口了。钟邱沿边拿钥匙开门边说:"真好啊,朋友们又来蹭饭了。我和哥的清静一点也不重要。"

大鱼和阿山像没听见他的明嘲暗讽,熟门熟路地挤进屋换鞋,放东西,打开柜子拿零食吃,给刘小英上香。

阿山那天拿了一个新写的故事给周存趣看,是一个关于海螺与男孩的故事。

一个小男孩,有一天在经常去玩的海滩上捡了一只海螺回家。晚上,他把海螺贴近耳朵,发现里面藏着了海螺从世界各大洋一路流浪过来收集的声音,赤道无风带的鲸鱼擦过海面的声音,太平洋沿岸的风帆声,码头边的女孩讲给大海听的秘密……海螺变成了男孩最喜欢的玩具。他每天带在身边。

我们故事中的小男孩是个特别普通的人,不聪明,也没野心,善良且真诚。但大人的世界不会给真诚和善良什么嘉奖。男孩变成大人之后,发现原来他才是坐在世界这个巨大的海螺里被困住的那个。

周存趣趴在阳台上看完了那个故事。他说他很喜欢。阿山朝屋里看了一眼,钟邱沿和大鱼在厨房做菜。他说:"哥,之前我跟大鱼私下里说过,你是不是在家里待太久了,想着找个人聊聊天也不错,所以找上钟邱沿了。钟邱沿那个人没心没肺的,被骗也不知道。但现在看你们的生活真挺好的。"

他低头点了支烟,继续说:"其实这之前,钟邱沿有段时间心情很差。他做公交车司机之前啊,其实还蛮想开一间餐馆的。我们高中毕业之后,我就就业了,大鱼去鬼混了几年,钟邱沿在职校学做菜,然后认识了一个新朋友。那个朋友我们也见过,人挺活泼健谈的。他们一起学了三四年,很谈得来,后来就说要不一起开间餐馆。当时钟邱沿很兴奋,忙上忙下,店面都找好了,就在电视台附近,之前是个小仓库,面积蛮大的,押三付六,光房租要一下付出去快二十万。那个朋友突然说自己老妈病危,付不出钱,还向钟邱沿借钱。钟邱沿之前陪他去医院看望过他妈妈,他反正就当了真,傻乎乎地借了。借完那个朋友就消失了。他后来就跟着他一个舅舅跟车实习做公交车司机去了。他也没和我们抱怨过什么,就说再攒钱呗,也没什么。"

阿山说:"跟车实习快一年的时候,我们一起吃饭。他说他那天坐在空车厢里,外面下蛮大的雨。车开过江边那间五星级酒店的时候,他看到那位朋友穿着西装从酒店里走出来,意气风发的。钟邱沿说他立刻转回了头,看着车厢里成排来回晃的拉环,然后很伤心……认识你之前,那个朋友拿着钱来还他了,还说多给点,当作利息。那个人这两年混得很好,已经是小老板了……"

当时钟邱沿刚交完班,开着自己的车回家。他身上还穿着公交公司的短袖制服,后背淌满了汗,一只手上提着一个很大的水杯,另一只手接过了那包钱。后来他就在出租屋楼下站着发了蛮久的呆。但是,过了几天钟邱沿就打电话给阿山和大鱼,挺高兴地说,钱收回来了,必须请客吃饭。

阿山说:"哥,他就是那么个人。可能不聪明也没野心,但是也挺了不起的,对吧。"阿山朝周存趣笑了笑。

钟邱沿捧着个砂锅,站在餐桌边叫他们吃饭。周存趣转回头的时候,钟邱沿刚放下砂锅。周存趣一直盯着他看。钟邱沿无声地问:看我干吗?

然后他们隔着客厅同时笑了一下。

[2]

开春之后,有阵子钟邱沿换回晚班。他凌晨回来,洗完澡换好睡衣就上床睡觉了。周存趣差不多是九点起床上班。最近钟邱沿热衷于买各种卫衣。周存趣脱掉睡衣,从衣柜里扯出一件卫衣。他套上试了下,卫衣正面有几个傻乎乎的英文单词,根本不是他平时会穿的风格。

钟邱沿在床上翻了下身,睁开眼睛,用鼻音夸道:"好看。"

于是周存趣还是穿了那件松松垮垮的卫衣出门。

他进工作室的时候,施淑元端着杯咖啡从茶水间出来,说以为进来了个大学生。周存趣刚想说什么,手机收到信息。钟邱沿发了张照片过来,他今天也穿了同款的卫衣,现在正准备下楼去阿山的汽修店洗下车。

周存趣摸了摸胸口那几个英文单词,没再说什么,坐到了自己的工位上。

施淑元经过他的工位的时候,看了一眼电脑屏幕,忽然停住了,问:"不是,你怎么当着我的面做私活啊。我这个老板很伤心的呀。"

周存趣抬头看她,笑起来,说:"我自己设计着玩,不是要卖给哪个客户的。"

施淑元拉了张凳子过去看设计草图,窄小的两层店面做了整体格局改建。店铺门边的墙做了一扇上下拉伸的折叠窗,窗户底下一个木制的小缘廊。二楼的窗户整个打掉,做了半面玻璃金鱼缸。周存趣拿电容笔点着二楼的金鱼缸说,到了晚上亮起来,从远处看,肯定很漂亮。

施淑元问:"那这么漂亮的设计,你是打算拿给谁用啊?"

周存趣转着笔,笑笑没说话。

下午的时候,天气有点热。周存趣午休完,脱掉卫衣,里头穿了件华夫格的白色长袖衫。他喝掉桌上留着的咖啡,和施淑元打了声招呼就出门了。

那天午后的气温有点像夏天提前入侵,不管不顾地差点冲上三十度。钟邱沿和阿山吃完饭,一起坐在汽修店对面的社区诊所门口聊了一会儿天。阿山的老婆是个简餐店的服务员,最近刚怀孕。阿山说:"因为我一天到晚对她喊小心,小心。她决定说,以后我们的宝宝小名就叫'小心'。"

钟邱沿撑着头,说:"挺好听的啊。"

阿山捅捅他问:"我们干妈没催着你找对象啊。我感觉,以她的个性早应该轰炸你了。"

钟邱沿说:"邱雪梅昨天还在打电话和我说这件事。"

邱雪梅致力于站在村口和她的老姐妹们散布钟邱沿乐观勤快会照顾人,是个好老公的不二人选这个理念。很快有姐妹说有合适的人选。于是邱雪梅昨天就兴冲冲打电话和钟邱沿说了:"那女孩子年纪跟你差不多,也在城里工作,是个酒店的大堂经理,我感觉合适。照片我发你看看。"

钟邱沿刚开完晚上第一班车,坐在一棵树荫底下仰头喝了口水,说:"我不要。"

邱雪梅嚷嚷起来:"你不去见见怎么知道啊!我以前可从来没催过你,但现在年纪都上去了……"

钟邱沿嘿嘿笑了一声,和阿山说:"然后我问她,如果我喜欢那种名校海归,性格温柔,能力很强的。她认识吗。"

阿山也笑起来,问:"邱雪梅怎么说?"

钟邱沿说:"邱雪梅说我真是病了。"

他们两个相视笑笑。

阿山起身去干活的时候,钟邱沿就开着车打算回家了。他把车载空调温度调低了一点,快开到面包树街的时候,分神看着头顶密密层层的法国梧桐枝叶。钟邱沿回过神的时候,打了下转向灯,然后忽然看到周存趣站在左边的街铺边。周存趣身边还站着个穿西服的男人,两个人低头说着话,站在一起。

钟邱沿停住了车,打开车窗。他打电话过去,问:"哥,你在干吗啊?"

周存趣拿着手机,看了一眼身边的男人,说:"我没干吗,这个点就在工作室工作啊。"

钟邱沿愣了下,举着手机没说话。

周存趣喂了声,问:"怎么了?"

钟邱沿靠在椅背上,忽然笑了一下,说:"哥,你对我说谎的话,我会伤心的,我看见你了。"

周存趣抬头,在街边左右找,和车里的钟邱沿碰了下视线。

邱雪梅昨天被钟邱沿挂掉电话之后,牛脾气上来了,今天直接开着家里的货车进城了。她把车停好,拿纸巾按着额前的汗,跳下了车。"双黄蛋"爷爷把桌椅搬到了树荫底下,两人下着围棋。一个说:"五楼的追着跑上去,是不是吵架了。""吵架了。"

"吵什么呢,跟我们说说啊。""对,也不说说。"

周存趣本来体力就差,追了钟邱沿一路,追上楼之后,整个人靠在门框边喘着粗气。他拉住钟邱沿的卫衣袖子,喘着气说:"再多跑几步我就要暴毙了。"

钟邱沿第一次对周存趣冷下脸,也没接他的话。周存趣摇了摇他的卫衣袖子说:"给我倒杯水。"

钟邱沿冷着脸给他倒好水,又冷着脸端过来塞进他手里。周存趣喝了半杯水,靠在墙边,虚虚抓着钟邱沿的袖子问:"真不和我说话啦?"

他心脏还突突跳得很快。周存趣仍有些气喘地小声说:"对不起啊,对不起,嘟嘟。"

钟邱沿嘟囔:"所以为什么要说谎。"

周存趣低声说:"对不起。我去办点事,站我旁边的是房屋中介。"周存趣拽了下钟邱沿的袖子。钟邱沿问:"你找房屋中介做什么?"

周存趣不说话了,过了一会儿,忽然又说起家里是不是该养只猫。钟邱沿骂道:"要蒙混过关是吧。"

周存趣笑着说:"不是啊,就是……"

邱雪梅上楼的时候，就看到五楼的门虚掩着。钟邱沿和周存趣站在门边不知道说着什么。钟邱沿愣了一会儿神，嘀咕着什么。周存趣忍不住笑出声来，摸摸他的头问："晚上出去吃饭好不好？施淑元推荐了一家素菜馆给我。"

钟邱沿边嘟囔着边转头看了一眼屋外，然后忽然瞪大眼睛，下意识地伸手关上了门。

[3]

轮休的时候，钟邱沿开车回了一趟家。钟宝臣正在院子里把刚从地里锄上来的土豆冲洗干净。

钟邱沿蹲下来问他："邱雪梅人呢？"

钟宝臣说："不知道她，最近几天早出晚归的。"

钟邱沿碰了碰钟宝臣的胳膊，问："宝哥，她跟你说什么了没有？"

钟宝臣垂头继续冲洗手里的土豆，说："她前几天从城里回来，坐凉榻上哭了很久，问她也不说。"他忽然抬头问："你惹她了？"

钟邱沿心虚地摸了下鼻子，没说话。

他那天再打开门，邱雪梅人就已经不见了。钟邱沿感觉后背都吓出了一身汗，咳嗽了一下，和周存趣说："刚我妈在门口。"

某天傍晚，钟邱沿刚出门上班，过不久周存趣下班回家，看到邱雪梅站在家门口。周存趣边开门边说："阿姨，钟邱沿上班去了。"

邱雪梅跟在后头说："我知道，我找你。"

邱雪梅进屋，拎了一桶自己酿的荔枝酒放在餐桌上。她到处走着，看着阳台上晒着的两件一大一小的卫衣，客厅茶几上周存趣的书旁边堆着钟邱沿的足球杂志。冰箱上用冰箱贴吸着钟邱沿给周存趣的留言纸条。邱雪梅拎着自己的红色小手包，停在矮柜边上。她问周存趣："你是建筑设计师？"

周存趣倒了杯温水递给邱雪梅，说："刚做回建筑设计师。"

邱雪梅点点头，靠在矮柜边。她沉默，周存趣就没敢说话，就那么靠沙发站着。邱雪梅后来嘀咕了一声："你那么厉害，钟邱沿那小子什么都不行……"

周存趣诧异了一下。邱雪梅走过去，在沙发上坐下了。周存趣跟着坐到了沙发上。日光西斜，邱雪梅看着窗外忽然说："黄昏真的就会有这种旧旧的黄……"她转过头问周存趣："你们怎么认识的？"

于是那天，他们两个人坐在沙发上。周存趣把自己的故事摊开来，揉碎了，研磨了，说给邱雪梅听。他发现他还是第一次完整且详细地复述这几年的经历，在那之前他和钟邱沿都没有那样子说过。

他说，在他很小的时候，妈妈就说，不要当着猫的面换衣服。他问为什么，妈妈也没有说，但勒令他必须这么做。于是他确实就会在换衣服的时候小心翼翼躲着家里那只猫。诸如此类的事情，此类的语言，周存趣有一天发现，落进一个人的人生中，语言也会构成命运。

他后来在日本独居的时候，也养过一只猫。有一次他回家晚，发现猫从窗口跳出去跑了，再也没有回来。猫逃走的同一天晚上，齐兰香因为担心他的精神状况，从中国飞过来要照顾他。于是每周去看心理医生的时候，齐兰香一定会跟着。他回家的时候，妈妈已经洗完衣服做好饭了，本来应该感到开心才对，但他越来越痛苦，于是跟那只猫一样，跳出窗口逃了。

外婆收留他的那两年，同样会洗好衣服，做好饭等着他。但是周存趣从未感到过反感，他才恍然发觉，他搞错了。爱本来应该不需要用工作努力、精神状况良好、回馈妈妈等进行交换。爱可以只是外婆记得给他买蘑菇力，允许他日复一日把自己囚禁起来。

日光沉沉。周存趣对邱雪梅说："我把自己关了两年。一开始是不愿意出去面对世界，后来是习惯了，已经不敢走出去。然后钟邱沿来了。阿姨，有段时间我经常做梦，梦到从我发小跳湖的同一个地方跳下去了。跳下去什么也没有，没有湖水，没有水草，就只是不停往下掉，醒来的时候感到精疲力竭。我现在还是会做这个梦。但是我在梦里都会跟自己说，醒过来就好，醒过来还有钟邱沿呢……"

邱雪梅在一旁流下了眼泪。她有一阵子没说话，然后忽然仰头叹了口气。她轻声说："同样的故事听了两遍，怎么不叫命运……"

她转头看向矮柜顶上，刘小英的相片。

那天钟邱沿听说邱雪梅去家里找周存趣了，换了班急匆匆赶回了家。他推开家门的时候，邱雪梅正拉着周存趣坐在餐桌边喝荔枝酒。酒的度数其实不高，但周存趣这几年都没怎么喝过酒，喝了两杯人就晕得不行。邱雪梅在一边说什么他都点头。

钟邱沿皱眉说："邱雪梅你别折磨他了，人都醉成这样了。"

邱雪梅也有点醉了，指着钟邱沿骂道："你，就是你。我生你这么个东西，真是二十多年没省心过。我都这岁数了，也没什么文化，为了你，还跑去城里参加互助活动……"

她站起身在钟邱沿头上结结实实打了一下。钟邱沿叫起来。周存趣眯眼睛哈哈笑了。

第二天，钟邱沿睁开粘在一起的眼皮，茫然地看了一会儿天花板上的大灯。时间尚早，周存趣已经出门上班去了。

钟邱沿起身，打着哈欠，站在房门口伸了下懒腰。他走过矮柜的时候给刘小英拜了拜，然后进卫生间洗脸刷牙。出来的时候，钟邱沿放在卧室里的手机在响。他没有跑去接，而是看着餐桌上的盒子。透明盒子里装着一个十分精致的立体模型，是一个两层的商铺。

吊灯底下，玻璃做成的金鱼缸里，酣眠着金鱼与水草。一楼的门头写着：钟邱沿的小餐馆。有一扇日式的小门，窗户底下的缘廊上放着两个小人。室内一楼有料理台和吧台一体的单人食客座，二楼有靠墙的沙发卡座。地板砖颜色是乳白色底纹嵌蓝绿色碎块，墙面也是半白半蓝绿色的。

卧室里手机铃声不停地响着。钟邱沿走过去，拿掉了模型身上贴着的纸条。周存趣在纸条上写：钟邱沿，小餐馆的地址在面包树街过去的十月路，之前是小炒店，开了有十多年，生意很好，老板最近要回老家。如你所见，墙纸不可能用浅紫色碎花，也没有巴洛克风格装饰。这是我亲自设计的，送给我认识的一位真诚善良的小男孩，这是给他的嘉奖。

[4]

钟邱沿开车经过那间小炒店的时候，停在路边看了好长时间。里边已经搬空了，旧招牌耷拉在门头上。这里以后就是他的餐馆了。他觉得蛮不可思议的。

这几天，他给周存趣做了一些打算以后卖卖看的招牌主食，什么野菇稚茸炊饭、栗子南瓜蒸饭、泰式炒河粉之类的。周存趣很喜欢炒河粉。他不知道钟邱沿从哪里找来的鱼酱，炒出来的河粉味道特别好。他有一天还叫钟邱沿做了一份，拿粉红小猪便当盒打包了一份给施淑元尝尝。施淑元笑说："粉红小猪手艺蛮好的嘛。"

周存趣又重申："不要叫他粉红小猪。"

与此同时，粉红小猪钟邱沿正把阿山和大鱼都拉到了店面，指着向他们炫耀："哥挑的店面，给我开店用，连店面的样子都给我设计好了。"

大鱼哇了一声，说："有点金主文学的意思了。"

大鱼又转头和阿山说："我就说，他这个人反而可能傻人有傻福。"

钟邱沿骂道："我哪里傻了。"

店铺正式动工装修的时候，钟邱沿还每天忙着开公交车，让无业游民大鱼帮着督工。与此同时，对街的城南实验小学在过完自己三十五周年校庆之后也开始动工扩建，一年后和市第一高中换了一下校址。因为据传有算命先生说十月路的风水比较好，有利于提升升学率。总之，那一届市一高的学生开始在十月路上学，秋季校服是材质沙沙作响的防风外套，深蓝色的。他们像傍晚暗淡光线中的河流从学校涌出来，流过街道，到达对街那间漂亮的小餐馆吃东西。燠热的暑假他们也约在小餐馆边吃西瓜牛奶冰边做家庭作业。昏昏欲睡的高中年代他们在这里偷偷谈恋爱，也在这里失恋。

很多市一高的学生都会一直记得这间店，店名叫"热的汤软的面包"，但不卖汤也不卖面包。每月有特色菜单，季节限定的野菇稚茸炊饭还有招牌泰式炒河粉都很好吃。老板站在料理台后面，从一个巨大的果木色土锅里盛出饭来，野菇被炊熟的香气在小小的厅堂里弥漫。许多年后，市一高的学生成了在社会上打拼的疲惫的大人，在某些滞重的黄昏下班时刻如果突然怀念高中时代，也会同时怀念野菇稚茸炊饭的香气。

"热的汤软的面包"刚开张的时候，大鱼来店里帮忙做了一阵子招待。原本门口的小缘廊是周存趣设计出来的，方便等位的顾客或是路过的行人稍微歇息。但是"双黄蛋"爷爷发现这个地方之后，每天一大清早就扛着围棋盘到这里来下围棋了。钟邱沿给他们放两杯大麦茶，他们就能那样坐一上午。

周存趣下了班，推开餐馆小门，挤到吧台边和一排高中生坐在一起。钟邱沿给他递一杯水，问："请问这位客人，想吃什么？"

周存趣刚要说什么，旁边两个女高中生看着手机屏幕尖叫起来，不停地喊："帅啊，好帅好帅。"钟邱沿凑过去和周存趣说："隐藏菜单好不好？"周存趣点点头。

过一会儿，钟邱沿端一碗炒饭出来给周存趣，里头有当季的鲜笋丁、特制的腌肉块、海鲜菇和其他一些时蔬。那碗炒饭因为太香，旁边几个高中生都扭头过来看。钟邱沿敲敲料理台说:"你们放了学不赶着回家做作业,怎么那么有空。"

几个高中生撇嘴,又扭头去看手机屏幕。她们扫完自己的饭,稍稍坐一会儿,又小鸟一样叽叽喳喳飞去附近的补习班上课。有几回,八点打烊的时候,钟邱沿站在二楼的玻璃金鱼缸边朝下望,可以看到这些面熟的高中生背着书包,拿着挂满装饰物丁零当啷响的手机边聊天边跑去坐地铁回家。第二天六点多他们又从城区的各个角落睡眼朦胧地赶过来上学。

钟邱沿和店里新来的服务生收拾完,关掉灯,下楼与他们擦肩而过,散步回亲亲家园。周存趣最近在锻炼身体,出门跑半个小时,洗完澡之后盘腿坐在沙发上看自己的笔记本电脑。上个月,施淑元邀请他入伙了。周存趣趴在天桥上,对施淑元笑着说:"老板,如果工作太累我随时会走的哦,你知道我的。"

施淑元笑骂:"知道了。"

钟邱沿回家,甩掉鞋子之后,滑到沙发上,对周存趣说:"怎么只知道看电脑,生气。"

周存趣无奈道:"我回完这个邮件。"

钟邱沿还在那里无限循环式地嘀咕:"生气……"

周存趣在他脑袋上轻拍了一下,说:"关机,别烦了。"

钟邱沿委屈地闭了嘴,站起身跑到了阳台上。周存趣终于做完自己的工作之后,盖上电脑,走到阳台上,说:"开机。"

钟邱沿又小声地嘀咕了一句:"生气。"

他们一起趴在阳台上看着对面那个即将封顶的小区。时间一往无前。周存趣抬头深呼吸了一下,然后说,空气里有葡萄汁的气味。钟邱沿说等再过半个月,邱雪梅就该整箱整箱送葡萄过来给他们了。

她会在人流拥挤的傍晚时分爬下货车,抱着两箱葡萄推开钟邱沿的店门。然后重新坐在她和刘小英曾经坐过的那个窗口休息。她转头看着市一高的学生一群一群地凑在吧台边，在两盏云朵吊灯底下，仰着脸和钟邱沿聊天，眼睛亮晶晶地问起钟邱沿的感情史。于是"热的汤软的面包"餐馆老板的爱情故事被分成七八个版本在市第一高中从高年级传到低年级，从这一届传到下一届，经久不息地变换细节。其中更多的细节，更深刻的前因后果，目前只有你我知道，不要去告诉那群对什么都好奇的高中生。

现在再告诉你最后一件事，宇宙中一个星球的一块大陆上，一个国家某座城市的一个街区，一座房子五楼的窗户后面，有美好的情感长久栖息于此。

（正文完）

邱雪梅 109

刘小英 113

蘑菇力 2.0 117

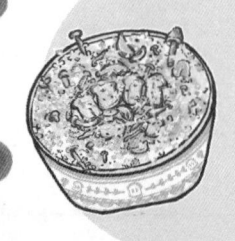

季节限定
野菇稚茸炊饭 161

番外

蘑菇力3.0 165

热汤软面包的圣诞套餐 191

RE DE TANG,

RUAN DE MIANBAO

邱雪梅
QIU XUEMEI

邱雪梅在二十六岁丧夫的时候就悟出了一个道理,痛苦的反面不是快乐,痛苦的反面是平静。当痛苦来临的时候,人会分外怀念过去平静无聊的日子。她那时就是这样,背着十一个月大的钟邱沿操持完葬礼之后,回了娘家借住。板间房隔了很小一间给她,屋子没有窗,木板缝里漏出点光,能照见空气里细小的尘埃。

邱雪梅搬了一台缝纫机到房间里,每天在里边做点缝纫铺拿回来的零活。缝纫机压过布料,钟邱沿胖嘟嘟的一个,在床上翻着身。邱雪梅有时要那样车到半夜,孩子睡了醒,醒了哭。她站起身抱一会儿,等钟邱沿平静了,再坐回去继续工作。

就是在二十六岁那年开始,邱雪梅像吹气球般胖起来,胖得没了少女的韵味,身上只有厚棉布、画线用的粉饼的气味。她给钟邱沿喂完奶,出门到池塘边洗两个人的衣服,回来之后,看着父母的脸色坐下来简单吃两口饭。

妈妈每天都在问她还打不打算再嫁,要再嫁又为什么把孩子拖回家。邱雪梅抹了抹自己泛满痘的额头,不知道该怎么回答。她大口地塞着饭,塞完之后,跑进了房里。那时钟邱沿刚醒来,睁着一双笑眼,伸出小手抓了邱雪梅一下,像是叫了一声:"妈妈……"

那是钟邱沿第一次开口说话。邱雪梅愣怔了一下,忽然坐在地上号啕大哭起来。她捂着自己的胸口,心脏的血管仿佛搅在了一起,又酸又痛,她哭啊哭,钟邱沿也哭起来。那间小板间房里堆满一块半块的碎布料,布料中间,坐着一个失声痛哭的女人。

二十来年过后,邱雪梅坐在院子的凉榻上大哭。她本来努力把钟邱沿养大,对他唯一的期望就是有一个普通规整的家庭,最好能生一儿一女,那样就够了。她哭累了之后,坐在那里发了很长时间的呆。

几天后,她在一次子女互助会活动中,揉着自己胖乎乎的手指讲起多年前,她背着钟邱沿搬出了那间板房,拖着一只破旧的大红色旅行袋坐上大巴车跑进城里打工的事。因为得带着孩子,她还是只能打些零工。她头发蓬乱,背后背着一个睡着了的小孩,坐在菜市场的后门口给人家择菜、剥豆子。她脚上套着黑色塑胶雨靴,雨靴上黏着鱼血、动物内脏之类的东西,抬头的时候会觉得日光晃眼,然后总会觉得这一切仿若一个梦,她是不是醒过来就没那么辛苦了。但明天一觉醒来,她还得出门打工。

钟邱沿再大一点之后,交给了出租屋楼上的一个寡居的老奶奶帮忙带带。邱雪梅就记得,自己晚上收工回家,钟邱沿在楼梯上从老奶奶怀里挣扎着要下来,边挣扎边喊:"我妈妈回来啦,我妈妈回来啦。"他迈着藕节一样的两条小腿,穿着卡通短袖短裤,飞进邱雪梅怀里。

邱雪梅哽咽着说:"母子一场。我当时就觉得,母子一场,有这么一个时刻,真是值得。"

她流着眼泪继续说:"那段时间吧,没有这小屁孩,我可能都撑不下去。然后我想,现在是不是该我给他撑腰了……"

当年她坐在菜市场后门口蓬头垢面地埋头干活,手机丁零作响。她扯下塑胶手套去拿手机,手机滑出去,跌进了脏污的臭水里。有个男人拎着菜路过,弯腰捡起来在自己的衬衫下摆上擦了擦,还给了她。那时日光也很晃眼,她看不清那个男人的脸。

但是第二天,那个男人又拎着同样几颗蔬菜走过她身边,走出后门,过一会儿又绕回来,蹲在她的脸盆旁边,小心地问:"你哪天休息?"

邱雪梅愣愣地看着他。男人不好意思地挠了一下头,说:"我叫钟宝臣。我……那个……你哪天休息?"

故事就是这样。

RE DE TANG,

RUAN DE MIANBAO

刘小英

LIU XIAOYING

刘小英退休后不久,又返聘回实验小学管过几年后勤工作。她在校那几年,周存趣正好念小学。总有同事来跟刘小英说,周存趣极聪明,少有的聪明。她听过了,放学回家的路上,会拉着周存趣的小手告诉他,哪个哪个老师又夸他聪明了。

周存趣抬头望着刘小英,脸上是一种暧昧不明的羞赧。

聪明的周存趣上下课的时候,总会受点奇怪的伤。他手指破了皮,血流下来,他就跑过小操场,跑到二号楼一楼刘小英的后勤办公室里,捧着自己的手指给她看,说:"外婆,受伤了。"

刘小英找创可贴给他贴起来,问他:"手指为什么会刮破,在哪里刮破的?"

周存趣眨着眼睛,没回答她。

第二天,他可能会在某个地方跌得乌青,第三天也可能在书法课上莫名其妙弄湿自己的裤子。刘小英骑自行车,把周存趣放在后座的小凳子上带他回家换裤子。

某个工作日午后,空气干燥,阳光明亮。他们趴在三单元五楼的阳台上,一人咬一支冰糖棒冰,吃完之后,刘小英再送周存趣回校上课。

周末,有一次周存趣发低烧。齐兰香来接人去上外语课的时候,刘小英说:"小趣发烧了,今天的课先放放啊。"

齐兰香走进房间问周存趣:"妈妈问你,很不舒服吗?能起来上课吗?"

周存趣看着齐兰香,从床上靠坐起来,小声说:"能。"

他们要出门的时候,刘小英往周存趣的小书包里塞了一瓶温水,跟他说要多喝点水。周存趣第一次没理睬刘小英,系好鞋带,起身的时候,抬头看着厅堂里的齐问迁和刘小英。很多年后,刘小英才明白过来,那是受害者看向共犯的悲伤。

她那时无知无觉的,即使退了休还埋头在自己的工作里面。下班的时候,整理干净办公室,走在实验小学的林荫道上,前后的红砖房,漂亮的荷花池塘,好像一切都是她创造的一样。她自满得不得了,自满到不知道自己的外孙在自己的学校里被孤立被霸凌。

周存趣小学五年级那年,齐问迁意外去世。刘小英骑上自行车带着周存趣赶到了医院。那天午后,不知道为什么十月路上塞车。附近的体育馆在办什么赛事,路两旁停满了车。窄小的街面上充满了恼人的喇叭声。刘小英跳下车,推着自行车艰难地挤过两辆车之间的空隙。地面上有谁不小心扔下的番茄,已经被压得一塌糊涂。刘小英一脚踩在番茄泥上,把着车头挤到了路口。她停下来,低头看了看自己的裤管,忽然哭了。

她那天就边哭边跳上车骑到了医院。周存趣抱住了她的腰,把头轻轻贴在了外婆的背上。

其他人都还没赶到之前,就只有刘小英和周存趣两个人坐在太平间门口的走廊上。空气里有一阵冰凉的消毒水味。就在今天早上,齐问迁还好好的。他退休前是国药的药剂师,退休后也三不五时会回单位一下。今早刘小英催周存趣吃早饭背书包出门的时候,齐问迁突然从背后拉住周存趣的书包带。

刘小英在玄关穿好鞋,骂道:"你干吗,都要迟到了,真是。"

她自顾自走出了房门。

齐问迁蹲下身子,摸了摸周存趣的手臂说:"外婆不在了,我问你,昨天你的作业本真是自己撕破的吗?"

周存趣看着齐问迁,没说话。

齐问迁说:"如果遇到什么事,可以告诉外公外婆。"

周存趣盯着齐问迁的眼睛,盯了很久。他后来居然像个大人一样,半叹了口气问:"有用吗?"

齐问迁讶异了一下,然后捏住他的小手,向他保证:"有用。"

周存趣靠在刘小英身边,低头看着自己的手心,哭了出来。他没说过什么,因为他以为生活之艰难,对每个人都是相同的,对每个像他一样的小学生,也是相同的。但他那天决定信任外公一次,把自己艰难的生活告诉外婆。

刘小英处理完齐问迁的丧事,回了学校就开始发疯,冲各种人发疯。

她满心自责,同时也责难所有站在周存趣身边还沾沾自喜觉得培养了一个神童的大人。那时候还没有什么"校园霸凌"的概念,但她满世界找专家学者来做反对校园霸凌的讲座,在自己的办公室门上挂一块小牌子,上面写:有人欺负你,请告诉刘奶奶。

那年,本来刘小英可以拿个"荣誉校长"的头衔光荣地结束职业生涯的。学校被她折腾得不想再搭理她,她也不想搭理任何人。于是结束自己的退休返聘生活的刘小英,装了一大箱子东西,清空办公室,永远离开了实验小学。

她带着周存趣骑过十月路口,林荫道上有落叶飘下来。刘小英忽然像个小年轻一样仰头叫了一声,开心地说:"存趣啊,秋天要来啦。"

蘑菇力 2.0

MOGULU 2.0

热的汤，软的面包

[1]

城区学校和乡镇学校的结对子活动。抽到结对写信的分别是十四岁读初二的钟邱沿同学和十八岁读高三的周存趣同学。

周存趣哥哥：

你好啊！我叫钟邱沿，现在在三乡镇中读初二。我们家就老爸老妈还有一只大黄狗叫钟咕咕。咕咕已经很老了，前几天生了场大病。我老妈邱雪梅说，咕咕的病已经医不好了。我就在院子里上蹿下跳，说她是钟家村最冷血的女人。后来钟宝臣（注：钟宝臣是我老爸）就开他那辆小货车送我和咕咕进城去宠物医院了。

现在咕咕已经恢复健康啦。

你好，哥，又和你打声招呼是因为写完上面那段话，信纸被老师收走了。她让我不要上课时间干这些有的没的。但是上课时间好漫长啊哥，一节课四十分钟，我玩几把贪吃蛇游戏，抬头一看才过去十分钟。我和我的同桌大鱼是发小。上次我俩在桌肚子里玩游戏卡，被收缴了一大包攒了很多个月的卡片。大鱼蒙着头在课桌上哭了一节课。

我这个人就比较坚强，这种都是身外之物，明天开始继续攒就好咯。但是攒到现在我也才攒了二十多张，因为买卡需要钱，我和大鱼都没什么零花钱。你喜欢玩游戏卡吗？老师说你们是城区读书最厉害的学生。好学生玩不玩游戏卡啊？

哎，我最近QQ等级升为一个太阳了。因为钟宝臣把他用旧了的手机送给我，我就每天挂着。大鱼和阿山都特别羡慕我。呀，都没什么地方好炫耀，那就在信里和你再炫耀一下。

记得回信给我哦。

钟邱沿

钟邱沿：

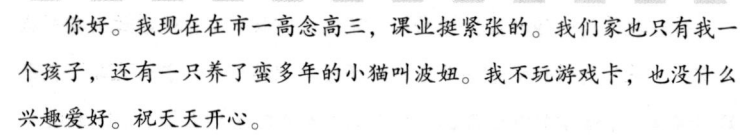

　　你好。我现在在市一高念高三，课业挺紧张的。我们家也只有我一个孩子，还有一只养了蛮多年的小猫叫波妞。我不玩游戏卡，也没什么兴趣爱好。祝天天开心。

周存趣

周存趣哥哥：

哇，我等了一个多礼拜，每天一下课就跑收发室，追着收发室的老头问他有没有我的信。然后打开看了半分钟就结束了，算上我的名字和标点符号，一共七十八个字。下一封信能写八十个字给我吗？谢谢哥哥。

上礼拜老师又把我妈找到学校来了，起因是我把教室里的窗户卸掉了一块。这件事其实这样的啊，哥。老师老觉得我和谁坐都影响人家学习，干脆把我发配到了教室最后面的窗边。我说我有点近视看不清，她不相信我。虽然我上学的年头没有你多，但是我已经知道，老师是不会相信差学生说的话的。我就自己一个人坐在那里，也看不清黑板上的字，然后就玩起了窗户。

我们这所乡镇中学啊，本来条件就差，设施也差。那扇窗户，我不卸它，过几天它自己也得掉下来。你相信我吗？但是老师还是把邱雪梅叫来了，说要赔钱的。邱雪梅赔了钱，骂我一顿，然后带我去配了眼镜。我现在鼻梁上架着一副很丑的眼镜，帅气值从八十五掉到了八十。虽然还是高于本中学平均水平，但有点不甘心。

哥，你戴眼镜吗？我那个在市一高读书的堂姐钟梦梦就是戴眼镜的。她比你小一届，很会读书。我想着要不下次问问她，认不认识周存趣？

记得给我回信！八十个字，保证！拉钩！

钟邱沿

钟邱沿：

　　真不好意思，因为我上完课之后还要去上补习班，即使周末也没有多少空余时间。我现在正在两个补习班中间的空余时间给你写信。其实我不太会写信，也不知道该写什么。每次打开信封，发现你可以写那么多东西，觉得很神奇。所以我应该和你说点什么呢？我的生活很无聊。

　　首先，我不戴眼镜。虽然常常用眼过度，但奇怪的是，一直没有近视。然后，我其实挺想大学去读师范学校的，我想当老师。如果我以后当老师，不管是怎么样的学生，我都会努力相信他的话。用成绩分好坏是恶劣的行为。

　　超过八十个字了。真抱歉，先写到这里，我要上课了。

周存趣

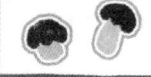

周存趣哥哥：

你的信到达的前一天，我刚问了钟梦梦认不认识周存趣。钟梦梦说你在学校很有名啊，高三区统考第五，学校第三，还作为学生代表发言了。那不就是说，整个城市的高三生，随便拿娃娃机夹几个上来，都没几个人考得过你的意思吗！哇，哇，好像比QQ等级是一个太阳要厉害啊。

钟梦梦问我怎么认识你的。我很骄傲地说，你现在是我的笔友哦。

这几天给你写信迟了，因为我发了一阵子烧。每到秋天我好像就要发一场烧。邱雪梅把我接回家，陪我去村卫生所挂了两天盐水。跟你说，每次生病，邱雪梅和钟宝臣都会买我喜欢的零食给我。你喜欢什么零食吗？我喜欢泡泡糖、干脆面，前段时间也喜欢辣条。

唉，我还是在想，为什么你那么会读书啊？读书好痛苦啊，我退烧之后就要回学校上课了。我们这届一共四个班，才两百来个人，我上次考试一百八十多名。英语只有十三分，那十三分还是我拿橡皮掷骰子掷出来的。但是大鱼才掷了十分。

邱雪梅也听她村口的老姐妹说可以给我报个补习班啥的。她问了我的意见，我坚决摇头，说no、no（这个英文单词我会，"是"是yes，"不"是no）。她后来就没再提起了。

大哥！补课中间偷下懒再给我多写几行字！好吗？

钟邱沿

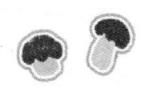

钟邱沿：

    这次是在晚自习的时候给你写信。我差不多把该写的习题都写完了。对，我的成绩是蛮好的，因为保持成绩是我的生存条件，不知道你明不明白这是什么意思。最近我也开始有点期待收到你的信了。这次我想我能把信写得长一点，因为有想讲给你听的事。

    我们家的小猫波妞得肾病去世了。我上完学回来紧接着要去上一对一课程。妈妈只是告诉我波妞去世了，其他什么也没说，也没有说它葬在哪里，也没有让我再看看它。那天之后，我常产生幻觉，看到波妞睡在我房间的飘窗上，或者是它阳台的小窝里。

    这件事我没有和其他任何人讲过。有时我去上课的路上，它也会静静靠在我的腿边。我和它搭夜间公交车回家，然后和它一起起床。

    上一次月测，我的成绩滑下来了。爸爸妈妈和我一起讨论了很久，我也给他们写了反思信。那个信不是只要写八十字就好，要写得很具体很详细很长，要剖析我整个人生的错漏在哪里。所以上次我和你说我会去读师范大学只是随手写写的。我会去读爸爸妈妈喜欢的大学。

    好想波妞啊，我只敢在这封信里这样写。

    谢谢你听我说。另外，我唯一喜欢的零食是蘑菇力。

周存趣

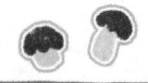

趣哥：

虽然我不是太理解，但你上一封信把我看哭了。我现在再拿出来看的时候也哭了。我可不是个感性的人，我是个理性又成熟的男人。

如果有一天我们家咕咕去世了，我可能会哭得死去活来，然后在它的窝边上哀悼半个月。

但是重复一遍，我是个重感情的理性又成熟的男人。

你不用担心什么，如果有想说的话，请写在信上寄给我。你的信我不会给别人看的，全世界只有我能看。

周末回家我求钟梦梦帮我给你带蘑菇力。她说很搞笑，她如果突然去高三实验班给你送零食，别人会以为她喜欢你，所以钟梦梦誓死不从。我就差给她跪下了，她总算答应了。

如果你收到一塑料袋蘑菇力，那是我送的！是我动用了我的小金库压岁钱买的！因为不知道你喜欢吃什么口味，所以每种味道都买了一盒。

现在给你写信我也拆了一盒吃。哥，我越来越好奇你长什么样了。钟梦梦说你长得还挺好看的，高高瘦瘦，而且话不多。

我现在还没发育，比阿山矮一个头，他们都叫我"小邱蚓"，气死我了，我以后会长很高的好不好。

哥啊，虽然不知道你为什么说你不会读师范，而是读爸爸妈妈喜欢的学校。但是我知道哥和我不一样，哥读什么学校应该都会读得很好，然后找得到好的工作。

我对自己的未来就挺迷茫的。钟宝臣说要不我高中毕业就回家里帮忙种花算了，但是我想去城里工作。

如果以后，你也在城里工作，我也在城里工作，我们就一起玩好不好？

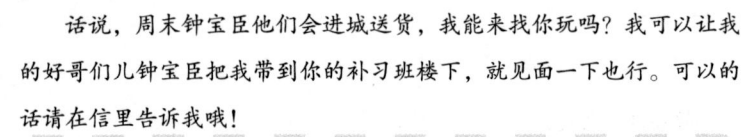

　　话说，周末钟宝臣他们会进城送货，我能来找你玩吗？我可以让我的好哥们儿钟宝臣把我带到你的补习班楼下，就见面一下也行。可以的话请在信里告诉我哦！

钟邱沿

热的汤，软的面包

钟邱沿小朋友：

蘑菇力收到了。我还没有吃完，谢谢你。这封信写得比较迟，因为要准备期中考试。现在是考完最后一门之后的晚自习。本来应该继续写练习卷的，但是我在草稿纸上写写画画，画了个你。我也不知道你是不是真长这个样子。

是不是我太久没给你回信，你又托钟梦梦给我送了一次蘑菇力。钟梦梦在走廊上把塑料袋塞给我的时候说："你遇到麻烦了，你被钟邱沿缠上了。"

我其实没什么朋友，也不会有人特意给我送零食。所以每次收到你送的零食其实还蛮开心的。

如果你想见面，我想着要不下周六傍晚五点好吗？我下周六上完补习班的课会去看望外婆，我们可以在我外婆家附近见面。那边有一间规模还蛮大的玩具店，如果有你喜欢的游戏卡，我会送给你。我的零花钱挺多的，而且不太有地方可以花。

但是吃过饭之后，我还要去自习室写作业，所以可以一起玩的时间可能比较少。对不起。

外婆家的地址是面包树街教师公寓亲亲家园。

附上我的自画像和波妞的画像两张。

那天我会穿牛仔外套，我的左耳垂上有一颗小痣，这样你能认出我吗？

周存趣

[2]

第一次见面在面包树街公交站台,周存趣忽然摸了摸钟邱沿的头,问他有多高。钟邱沿一路像个跳蚤一样不停地跳着说,我已经一米五二了,我一米五二。你相信我啊,我超过一米五了。

逛玩具商店,钟邱沿在一堆游戏卡前纠结来纠结去,周存趣便都拿去给他结了账。周存趣去自习室,钟邱沿一定也要去。他半小时做了一道数学题,期间睡觉、挠痒痒、玩游戏卡、帮桌子上的毛毛虫找妈妈。周存趣第一次见学习习惯这么差的人,后面两页按着他的头写完才准他走出自习室。

回家的路上,钟邱沿捧着自己的数学习题册和钟宝臣感叹,第一次双休日家庭作业是自己一个字一个字写出来的。

钟宝臣问他那之前的是怎么写出来的?

钟邱沿说太累了,然后开始装睡。

他和周存趣分开前,两个人互加了QQ。钟邱沿发现周存趣的等级是两颗太阳两颗月亮,备受打击。回去的路上给周存趣发消息,周存趣直到半个月后才登录QQ回道:哦,你安全到家了?

哥：

　　我发现还是给你写信比较快，因为发QQ消息，你要下辈子才会回。跟你说，你给我买的那堆游戏卡，大鱼和阿山很羡慕，一直向我借，我不肯。

　　这周是我第一次特别想回学校交作业，因为我的数学作业做得可漂亮了。数学老师批改完之后，当着全班同学的面表扬了我。他说，每道题底下都被修正带弄得一塌糊涂，这回看来确实是自己做出来的。

　　他不知道周六晚上我在城区自习室碰到了一个学习魔鬼。魔鬼给我讲一遍做题思路，我说听不懂，他能再给我讲一遍。我都哭着说："我就不懂你能怎么样？"

　　魔鬼说："那我再讲，你必须听会，不然我就再讲。你敢再不会，就听到会为止。"

　　哥，我对你的第一印象是长得干干净净的，一点不像我们学校那种书呆子学霸。我对你最后的印象是，你是个魔鬼。

　　为了这周六去自习室找你的时候可以体面一点，我开始试着认真听数学课，但还是不怎么听得懂。

　　我现在在数学课上给你写这封信，然后突然想起，那天在自习室里，你让我帮忙从你的书包里拿一本笔记本出来。我拉开内袋看到有一本小便笺本，上边写满了发泄似的脏话。

　　哥，原来你是个表面礼貌文明，背地里也骂天骂地的人。我觉得你更有趣了。但是因为好像发现了你的秘密，挺不好意思的，所以我还是想在信里跟你坦白一下。

　　哥，这几天我经常想起你，那时整条面包树街上都是法国梧桐叶，你一个人站在公交站台上等我。

　　上次睡觉的时候还梦到你穿着牛仔外套等在那里,我跑过去找你,你笑眯眯地让我把完全平方公式背一遍。梦里你怎么还在逼我背数学公式啊!我醒来的时候泪流满面,觉得人生好辛苦!你明白我的意思吧?

　　不知道信什么时候会到,但是哥哥,我们周六见!

钟邱沿

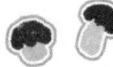

热的汤,软的面包

钟邱沿：

　　这几天又有些忙。对，心情特别烦闷的时候，我就会在本子上乱写来发泄。

　　波妞还没去世前的一段时间，我补完课回家，还会带着它在小区里乱转，随手撕别家单元楼里的广告纸、水电费单，像梦游似的做些坏事。

　　我不知道，这算不算是我对爸爸妈妈做出的一点没什么用的反抗？我累了，你说得对，人生好辛苦。

　　你会帮我保守秘密对吧？

　　我用两张游戏卡和你换。

周存趣

亲爱的哥：

这有什么难的，敌人就算对我用刑，我也不会告诉他们的。那要不我也告诉你一个秘密作为交换？

其实钟宝臣不是我的亲生爸爸。我爸爸在我不到一岁的时候被一辆重型货车碾死了，妈妈带着我到处做兼职。

我大概快满三岁的时候，她和钟宝臣结了婚。钟宝臣以前是火葬场的锅炉工。所以读小学的时候，同班同学觉得我特别晦气，还让其他人不要和我一起玩。

不过大鱼和阿山一直都知道这件事，他们一点不介意。阿山是爷爷奶奶养大的，大鱼的爸爸妈妈都在外地打工。他们在自己家里也待得不太开心，所以经常来我家玩。邱雪梅认他们做干儿子了。哥，如果你在家不开心，你可以来我家玩，这样邱雪梅又会多一个干儿子了，哈哈哈。

我们不是说以后要是都在城里打工就一起玩吗？到时候也可以一起住，对吧。

哥你长得好看，个子又高，很会读书，而且脾气特别好（除了逼我解数学题的时候）你是我见过的最完美的人。

真的，我发誓。

钟邱沿

第二次见面周存趣把自己初中几门课的课堂笔记给了钟邱沿。但是当发现钟邱沿连苹果是 apple 都不会拼的时候,决定下次要把小学的课堂笔记也找出来。

作业写到一半,钟邱沿拉周存趣去外面走廊上玩他带过来的游戏机。一人一局,周存趣玩了几把,有手感之后就破了钟邱沿、大鱼、阿山三个人的纪录。钟邱沿决定不再让周存趣碰他的游戏机。

那天晚饭他们是在刘小英家一起吃的。钟邱沿进屋拉着刘小英比身高,然后和周存趣说,你看,我是不是比外婆高。

刘小英说,我看你是欠揍。哪来的小孩啊,齐兰香又生了一个都没通知我啊?

他们吃过饭之后三个人趴在阳台上听楼下两夫妻吵架,书啦脸盆啦砸得到处都是。

刘小英朝底下大叫:老庄啊,这个别砸了,这个比较贵。

庄老师把伸出窗外的手又缩了回去。

苹果都不知道怎么拼的小家伙：

这次是把信给你快递过来，因为顺便想给你寄一下我小学的英语课堂笔记本。不知道对你有没有用，反正你先拿着吧。

最近发现我们学校生活区也在卖你喜欢的那种游戏卡，以前我都没注意过。我又买了一些送你，放在盒子里一并寄过来了，是你需要的吗？

这周来找我之前把单词背一下。我抽背，每错一个，下次我的信会减少五个字。

感觉我现在在学习以外找到了一件特别有趣的事，就是帮助你学习。这几天我给自己做新一轮学习计划的时候顺便也给你做了一份，周六拿给你。

你不是说以后我们要一起住吗？城里的房租不便宜的哦。虽然不是说读好书一定会赚钱多，但是读好书以后兴许选择会多一点，所以还是希望你能为了我们的大房子努力一下，可以做到吗？

还有外婆突然打电话问我你喜欢吃什么菜，周六她可以提前准备。这个问题我也在QQ上问你了。我外婆其实刀子嘴豆腐心，我想她应该还蛮喜欢你的。

周六一起去吃晚饭。

周存趣

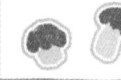

> 在吗？外婆让我问你喜欢吃什么菜？

> 大哥！我是不是眼花啦，这是我两个太阳两个月亮但永远离线的周存趣哥哥吗！！

> 快回答啦，我不想一直盯着手机，我要写作业了。

> 是肉都吃！

> 你就下线了吗？

> 哥？趣哥？

> 世界上怎么有这么冷血的男人？

> 周存趣……存趣……趣哥……

> 哥，这道题怎么解？

> 做一条CE线垂直AD，其他自己想。

> 哇，妈呀，你看看这个人的嘴脸。

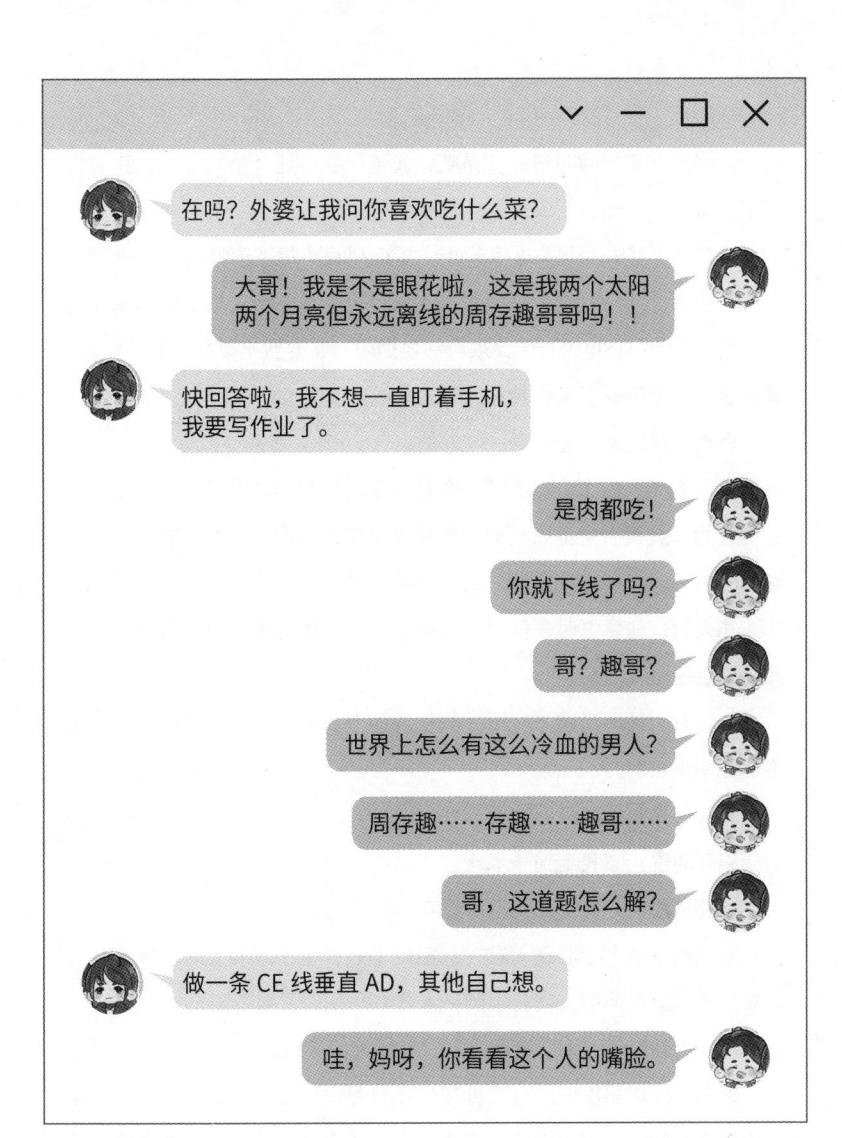

[3]

周存趣抬头，看到面包树街那辆摇摇晃晃开过来的小货车。钟邱沿从车上跳下来，挎着自己的黑色米奇小挎包，薄棉小外套，牛仔垮裤，手插在裤子口袋里装酷又装得不像。周存趣笑说："你长高了。"

钟邱沿立刻咧嘴叫道："是吧，我觉得我可能开始发育了，我要长个了。哥，我比你高了怎么办？你多高……"

周存趣已经开始往亲亲家园走。后面那只小跳蚤还叽叽喳喳的。

开始和钟邱沿写信，是因为班主任说班长你先带头报个名。周存趣拿过报名表，在心里说，什么东西都要做吗？又要我不要分心好好学习，最好能次次考第一，又要参加这种活动吗？真恶心啊你们。

但他笑眯眯地和老师说："好的。"

报名表交上去之后，不到一个月，寄给他的信就来了。信纸像是用心挑过的，文具店里可以买到的那种香喷喷的小信纸。上面端端正正写着他的名字。周存趣看完那封信之后随手扔进了书包里。

几天后，他拿书时，信封跟着掉了出来。周存趣拿起来思索了一会儿，决定还是复了信。

他转头，钟邱沿跳了一下，拉住他的卫衣袖子问："周存趣，你是不是有一米八啊？"

那封信换到了这只小跳蚤。

周存趣说："我不到一米八。"

钟邱沿说："有吧，我觉得你有。"

周存趣忽然拿手心贴了贴钟邱沿的手心，说："书上说，为了追求好看，冬天穿得薄的人就长不到一米八。冷死你了吧。"

钟邱沿脸红了一下，嘟囔着："我不冷好不好。"

十二月接近零度的天气，钟邱沿在自习室里总是昏昏欲睡。周存趣转头就能看到他又把书堆成小枕头开始打瞌睡了。周存趣没再管他，盯着自己的试卷。不知道过了多久，眼皮底下递过来一盒蘑菇力，上头贴着便利条：课间休息小零食，请。

周存趣笑起来。他摘下耳机，和钟邱沿一起分掉了一包蘑菇力。

那回晚上，钟宝臣打电话给钟邱沿说，来接他的时候车子开到半道上轮胎瘪了一个。山路上前不着村后不着店,他正通知维修的人过来,可能得等一段时间。

钟邱沿咬着笔头问:"那我能睡我朋友家里吗?"

钟宝臣和周存趣同时问:"你睡哪里?"

钟邱沿抓着手机转头看着周存趣说:"我睡你家里。"

周存趣后来想,那封信换到了一只脸皮有板砖那么厚的小跳蚤。他把钟邱沿带回了刘小英那里借住一晚。刘小英打电话和齐兰香说让周存趣住一晚,打着打着两个人在电话里吵起来,吵着吵着刘小英又要和齐兰香断绝母女关系。

那会儿,钟邱沿已经在周存趣小时候睡过的那张小床上到处打滚。周存趣盘腿坐在床边背英文单词,钟邱沿把下巴搁到他的肩膀上说:"apple,a-p-p-l-e,apple。表扬。"

周存趣无奈地笑起来。

他们睡下之后,开着床头灯靠在床边闲聊。一开始只有钟邱沿在那里吧啦吧啦说话。钟邱沿说他的班主任很不喜欢他。明明他也没做错过什么,只是读不进去书。上次班里有人钱被偷了,这也怀疑他。

钟邱沿举着枕头叫了声:"讨厌他。"

周存趣盯着天花板看了一会儿,忽然说:"我也讨厌班主任。她是爸爸的朋友,我打个喷嚏她也会告诉爸爸我可能没照顾好自己,得感冒了这样就影响学习。我讨厌爸爸,我也讨厌妈妈。这群自己一事无成只会 push(催促,逼迫)我的蠢人,笨蛋……"

房间里安静了一会儿。周存趣反应过来,脸刷地通红,嘀咕了声:"对不起。"

钟邱沿坐起来,鼓掌道:"好厉害,虽然没怎么听懂,但是好厉害。好像听了一段绕口令。要不你再说点。"

周存趣忍不住笑出声来,钟邱沿也跟着笑了。他说:"哥啊,是不是只有我知道周存趣很会骂脏话?"

周存趣看着他,没有回答。确实是,活了十八年,和一个认识不到三个月,平常只靠书信交流的小屁孩说出了心里话。

他叹了口气,最后说:"其实我想以后当老师。"

清早起来,周存趣通知钟邱沿,以后不会再留他过夜了。他夜里咂嘴、磨牙、踢被子。周存趣照顾他小半晚都没睡,第二天一点精神都没有。

钟宝臣来接他回家的时候,还给刘小英他们送了两小篮自己家里种的草莓。钟邱沿背好自己的小挎包,又跑到周存趣身边问:"我上一封信你收到没有?什么时候给我回啊?"

周存趣整理着自己的书包,没理他。钟邱沿把他的小拇指掰起来和自己的小拇指钩了一下,说:"今天就写回信,拉钩上吊一百年不许变。"

他钩完,穿好鞋冲出了屋子。

回村的车上,钟邱沿趴在窗沿上吹着风,回想起周存趣忽然恶声恶气说话的样子。他转头和钟宝臣说:"哎,超有趣,嘿嘿。"

钟宝臣问什么事,钟邱沿又说没什么。他又自顾自捧着脸瞎想。

那一整个礼拜,钟邱沿转着笔,在纸上歪歪扭扭写着周存趣的名字。他画了画周存趣的脸,然后给他画上两撇猫胡子,自己端详着就笑出来了。大鱼摸了摸他的额头,又摸了摸自己的额头,叹口气说:"没救了,家属准备后事吧。"

那周,周存趣很早就 QQ 留言给钟邱沿说周六不能见面了,他有事。

咕嘟咕嘟:(发送图片)我画的你,可不可爱呀?

趣:见面小心点。

咕嘟咕嘟:什么时候见面?

周存趣没再理他了。

钟邱沿周末去钟梦梦家,又塞给她几盒蘑菇力,要她带给周存趣。

他坐在钟梦梦的书桌边上,支着脑袋炫耀说:"我现在每周六都去自习室找周存趣,他辅导我功课。区统考第五的人辅导我功课。"

钟梦梦推了推自己的眼镜架,说:"他高三,浪费他时间,万一你成绩没怎么上去,他下来了,你就死定了。"

她边说边看着习题册。过了一会儿,抬头发现钟邱沿在一边发呆。钟梦梦嗫嚅道:"干吗,我又没说错。"

下一个周六见面的时候,周存趣看到小跳蚤强睁着眼特别认真地盯着家庭作业,认真到后来周存趣拍拍他说:"我们去外面休息一会儿?"

他给钟邱沿买了一杯草莓珍珠奶茶。钟邱沿嚼着珍珠说:"我想过了,也不能浪费你的时间。我会努力学习的。"

周存趣愣了一下,笑着说:"哇,好感动。"

钟邱沿说:"你好假啊。"

周存趣摸摸他的头说:"真的好感动。如果期末考成绩进步了,到时请你吃好吃的?"

钟邱沿问道:"能吃牛排吗?我还没吃过牛排!"

周存趣说:"你可真不跟我客气。"

那次回去前,钟邱沿让周存趣给他写了一张便利条,上面写:钟邱沿最厉害。然后他把便利条贴在课桌上,用塑料胶带塑封起来,每天都能看到。

虽然有周存趣帮他补课,但钟邱沿这辈子没认真上过几天学,学起来还是跟读天书一样。他主动要求把位置调前了一点。就在那段时间,钟邱沿的身体也开始发生变化。他好像真的在长高,唇边开始出现细密的绒毛,每天都感觉身上热热的。

清早起来,钟邱沿看见钟梦梦昨天晚上发到手机上的图片——市一高高三模拟考成绩单,周存趣已经滑到了三十多名。她发 QQ 信息说:我就说吧。你知道三十多名意味着什么吗?他在实验班都快垫底了,周存趣有这么差过吗……

多年后，钟邱沿对那个清早还是记忆犹新。

[4]

钟邱沿像朵乌云一样沉甸甸地瘫坐在自己的位置上，没有胃口吃饭，也没有心情做别的事。他把周存趣寄给他的信又拿出来看了一遍。周存趣虽然经常说自己很忙很忙，但信回得都还算及时，而且会很认真地回答钟邱沿的问题。他不知道连周六晚间规定的自修时间都舍不得休息的周存趣考差了之后，是不是会很伤心。

他这才意识到自己有多打扰周存趣。邱雪梅老说钟邱沿这个人没眼力见。他现在感觉确实是。

钟邱沿还把头抵在课桌角上翻着手里的信纸。大鱼忽然一把抢过了一张信纸，调笑着叫道："哇！钟邱沿的朋友写给他的信！"

教室后面那群不怎么读书的人都开始起哄。钟邱沿跳起来去追大鱼，大骂着让他把信还给他。他们两个在走廊追闹过去。钟邱沿气急败坏地在楼梯间追上大鱼，跟他打成了一团。那张写着"市第一高中"的信笺纸被撕成了两半，挂在楼梯扶手上。

钟邱沿停手，推开大鱼，坐靠到墙边，忽然把头埋进自己的臂弯里哭了出来。

下午大鱼把信粘好，送回了钟邱沿的桌子里。钟邱沿还趴在自己的桌子上，闭着眼睛一动不动。

那节课，体育老师外出培训，改成了自习。大鱼又跑过去塞了两包干脆面在钟邱沿桌子里说："对不起啊钟邱沿。"

钟邱沿别着头说："别烦我。"

钟梦梦的电话打到钟邱沿手机那会儿已经接近周五傍晚放学时间。

钟邱沿有气无力地接起来问:"你又干吗?"

那头有人压低声音喂了声,说:"是我啊。"

钟邱沿拿着手机蹿起来,冲出了教室。他差点尖叫出来:"周存趣?哥!你怎么用钟梦梦手机打给我啊?"

钟梦梦在那头小声嘟囔着:"快还我好吧,万一被老师看到就完了……"

周存趣压着嗓子说:"我的手机被爸爸妈妈收了,周六补习班上下课他们都会接送我,自习室暂时去不了。明天就周六,我想着要告诉你一声……"

钟邱沿听着周存趣的声音,不知道为什么突然又鼻酸了一下,眼圈都红了。

周存趣还在那头说着:"但是我傍晚还是要去外婆家吃饭的。我们在外婆家见好吗?你把作业带上,我检查。"

钟邱沿一直没说话。

周存趣问:"有听到吗?怎么不说话了,喂,钟邱沿小朋友?"

钟邱沿吸了下鼻子问:"哥,你有没有事?钟梦梦说你成绩滑下去了。"

周存趣在那头笑起来,说:"哇,你在全校排一百八十多名,你担心我吗?担心担心自己吧。"

钟邱沿也笑了。他一只手握着手机,一只手抠着走廊上的墙灰,扭着身子说:"哥,我跟你说,我额头上长了第一颗青春痘。明天我给你看看。"

周存趣笑说:"不得了,我们小跳蚤要成长为小男子汉了?"

钟邱沿嘿嘿笑着揉了揉鼻子。钟梦梦因为不敢说周存趣,只好隔着电话嚷嚷:"钟嘟嘟你废话怎么那么多,快点说完啦,老师真的要来了……"

周存趣重复了一遍："钟嘟嘟？"

钟邱沿大叫道："谁啊，谁叫钟嘟嘟啊，钟梦梦你怎么乱给别人取小名！"

周存趣真的笑死了，他靠在走廊围栏边笑得发抖。钟邱沿还在那边嘀嘀咕咕。周存趣说："好了，周六见哦，钟嘟嘟。"

电话挂断之后，钟邱沿还举着手机站在那里发了好一会儿呆。周存趣声音压得轻轻的，小声说周六见哦。真好啊，钟邱沿忽然在走廊上转了两圈，跳起来做了个投篮的动作，兴奋地蹦进了教室。

周存趣把手机还给钟梦梦。钟梦梦嘀咕着："好怪啊，你怎么和钟邱沿那个笨蛋玩得那么好。"

周存趣的脸又恢复了面无表情的样子，看着钟梦梦说："他不是笨蛋。"

他走过天桥回了高三那栋教学楼。

晚自习下课后，齐兰香会在正门等他。周存趣靠在顶楼国际部的卫生间里发呆。他坐进齐兰香的车里，开始低头撕手上的死皮，皮被带起来的时候，血一滴一滴从伤口里涌出来。周存趣继续神经质般地一下一下撕着死皮。

车子开过市中心一带的时候，周存趣深呼吸了一下，抬头说："妈妈，周六晚饭我还是去外婆那里吃吧，我和外婆约好了。"

齐兰香把车停到了红灯底下，叹了口气说："周存趣，你别老想着玩了。你不会以为时间还很多吧？知道蒋朗语模拟考考了多少分吗……"

后面的话周存趣都没再听了，他注意着淌过手心的血，铁锈味，闻着好想吐。

齐兰香后来说："吃完，我会立刻接你回家的。"

周存趣说："谢谢妈妈。"

晚上周存趣摊开信纸，写信给钟邱沿。

小朋友，又开始降温了。学校里高考倒计时的牌子每天的数字都是新鲜的。其实我的成绩滑上滑下，也没有不正常，以前也掉下来过。但每次考差了之后都会很辛苦，试卷要做成错题集，要写好错误原因，要督促自己再也不犯同样的错误。然后下一次考试之前，爸爸妈妈会一遍一遍问我，应该不想再往下掉了吧？掉到五十、六十、七十，就完了，你的人生就完了。

　　我这几天忽然想，掉下去又怎么样。毕竟有个小笨蛋从 able 背到 apple 背了一个礼拜，他还觉得自己挺牛的。全校两百号人，他考一百八十多名也能坦荡荡地说出来。这次被他们批评和惩罚不知道为什么好像没那么难以忍受。妈妈说要收走手机，然后不准我去自习室的时候，我只想着要快点联系到你，告诉你这件事才好。但是幸好还能在外婆家一起吃晚饭，对吧。你说，熬完那块倒计时牌子上的数字的时候，我是不是就不用那么辛苦了？

　　我们以后一定要搬出去，自己租大房子住好不好？拉钩。

周存趣

那封信周存趣是周六在外婆家见到钟邱沿的时候直接给他的。钟邱沿刚进亲亲家园三单元五楼的门就开始咋咋呼呼地叫:"哥,我可爱又聪明的哥哥在哪里呀?在……卧室?不在。那在……卫生间?咦,也不在……"

钟邱沿转头,看到周存趣脱了厚外套,就穿了件灰色毛衣趴在阳台上发呆。钟邱沿走过去,也学周存趣那样拿手心贴了贴周存趣的手心,然后说:"冷死你了吧。"

周存趣扭头笑着说:"嘟嘟来啦?"

钟邱沿脸唰地红了。他低头拉开自己的米奇小挎包,说:"这个,这次给你带了三盒蘑菇力。"

周存趣看着他。

钟邱沿狐疑地歪了歪头,问:"怎么啊,你不想吃了?"

周存趣伸手搂了他一下,嘀咕着:"确实有点冷。"钟邱沿整个人僵在原地,两只手紧张地抓着自己的裤子一动不动。周存趣松开手之后,钟邱沿还僵在那里。周存趣摸摸他的头说:"出去吃饭吧。"

晚上齐兰香来接之前,周存趣坐在书桌边看钟邱沿的作业。钟邱沿盯着周存趣看,过了一会儿,周存趣说:"这几天的作业看着还不错啊。"

钟邱沿笑着说:"是吧,有进步吧,哇,怎么有这么聪明的人哦。"

周存趣也笑了。钟邱沿抓起他的手,在周存趣手心里画圈圈玩。周存趣被他弄得痒酥酥的。钟邱沿轻轻晃着手,感觉有一条热乎乎的金鱼在自己的血管里游泳,身体到处溅起水花。

坐钟宝臣的车回家的时候,钟邱沿还在发呆。是齐兰香先把周存趣接走的,周存趣走的时候说外婆把自己用旧的老年机给了他,只能接打电话,如果有需要可以打电话联系他。

钟邱沿在车上看完了周存趣给他的信。回到家之后,他就抱着包冲回房间,扑到床上拨了电话给周存趣。

周存趣接起来,问道:"钟邱沿?"

钟邱沿问:"你怎么知道?"

周存趣笑笑没说话。钟邱沿说:"哥,我保证我们以后会住到大房子里的。"

周存趣好像也躺到了床上,他拿着手机还是没有说话。电话那端只有轻轻的呼吸声。

钟邱沿忍不住打了下冷战,他用被子盖住自己,忽然控制不住说了声:"我有点想见你。"

周存趣笑道:"我们半个小时前刚见过哟。"

钟邱沿嘟囔:"下次见面还有七天……"

周存趣说:"我九点下晚自习。"

钟邱沿疑惑地啊了声。

周存趣重复了一遍:"我九点下晚自习,可以给我打电话。"

那天之后,隔三岔五,钟邱沿算着周存趣到家的时间给他打电话。他一开始还蛮担心的,怕影响到周存趣。但周存趣说没关系,和他聊聊天可以放松心情。钟邱沿高兴地说:"真的啊?听到我的声音是不是感觉受到了春天的洗礼?"

周存趣抱腿坐在自己的课桌前咯咯笑起来。他拿笔点着课本。钟邱沿在那头说着:"我今天英语默写第一次拿了满分。天啊,我都想把那张纸裱起来挂在邱雪梅的影楼写真照边上。"

周存趣说:"我都看见你尾巴翘起来了。要保持住好不好。"

钟邱沿嘿嘿笑了。周存趣转了转笔,把笔扔进了笔筒里,说:"下学期我会去参加我喜欢的那所师范学校的提前招考,考进了就改不了志愿了。外婆说她会替我打掩护的。你和外婆都会站在我这边,对吧?"

钟邱沿叫道:"当然啊,我是周存趣全球粉丝后援会会长好不好。"

周存趣笑道:"那就好。"

房间飘窗外边的路灯,不知道为什么泛着荧荧的绿光。周存趣说:"马上要期末考了,然后我要准备提前招考,可能没时间再教你,也没多少时间见面。你要自己好好学,好吗?"

钟邱沿趴在被子上,点点头,又敲了敲手机说:"你也好好学好吗,会长永远支持你。"

周存趣低下头,捂着自己的眼睛,小声说:"谢谢你。"

[5]

周存趣做了一个梦。他梦到小的时候齐兰香陪他去参加小提琴比赛。他们坐高铁去邻市。初春的傍晚,车窗外下起小雪。车内空调闷热。齐兰香总是神经质地过段时间就问他,琴谱背熟了没有。其实那几天因为疲惫,周存趣真的没有好好练习曲子。每次齐兰香问他,他就紧张地抱紧自己的琴盒点头。那次比赛结果当然很糟糕。回程的车上,外面的雪已经停了。齐兰香抱胸扭头看着车厢过道,不看他,过一会儿,忽然转头说:"周存趣,我最讨厌你这种撒谎的孩子。"

周存趣醒过来,感觉小时候原野上的雪花从头顶落到身上。他从小到大没怎么撒过谎。瞒着周铭和齐兰香准备参加提前招的那段时间,总感觉自己在做什么错事。

年前钟邱沿因为期末考进步了四十来名,首次突破全校一百五十名的大关,激动得等不到晚上再打电话告诉周存趣,立刻发消息给钟梦梦,让钟梦梦转达周存趣。

周存趣从教室出去的时候,钟梦梦站在走廊上,有气无力地说:"钟邱沿说他成绩排全校一百三十多名,激动得下楼跑了两圈,汇报完毕。另外重申一下,我来市一高是读书的,不是来做飞鸽或者零食快递员的。"

周存趣忍不住笑出声来。他说:"谢谢你,但能不能告诉他,我会请他吃牛排。"

钟梦梦皱着眉头,嘟囔了句什么,还是打了个 ok 的手势。

过年前,高三补完课,周存趣约钟邱沿吃了那顿承诺的牛排。那天钟邱沿清早五点多醒来,在床上滚了两圈,下楼把咕咕薅起来陪他玩了一会儿,九点多去找美美理发馆的美美阿姨理了发并做了一次性造型,十点多偷偷换上刚买不久准备过年穿的衣服冲出门,跳上进城的中巴车。

他因为没怎么自己进过城,到公交总站之后,兴奋地倒车转车,疑惑地倒车转车,最后终于背着自己的小挎包彻底在城里迷路了。

周存趣找到他的时候,钟邱沿冷得蹲在公交站牌底下抱着自己的包发呆。周存趣感觉有段时间没见到钟邱沿,真的感觉他蹿了个,有点要长开了的样子。周存趣慢慢走过去,本来蹲下来想安慰一下钟邱沿。钟邱沿抬头看到他,兴奋地好像要说什么,但是卡了一下,冲着周存趣的脸打了个大大的喷嚏。

那天的牛排是在一间连锁西餐厅吃的。周存趣那时因为期末成绩回升,久违地拿回了自己的手机。吃完饭出门,周存趣翻了一下 QQ 动态,发现钟邱沿出门前剪头发时发了条动态,换好衣服装酷摆拍又发了条动态,坐中巴车进城的时候对着路过的江景又拍了张照,给牛排拍了一个九宫格,吃饱了之后还发了个"吃饱了"。他送钟邱沿上车回去的时候,和钟邱沿说:"现在可以发动态和全世界说你要回家了。"

钟邱沿嚷嚷道:"我没有发好不好。"他从窗口递给周存趣一封信。周存趣接过来,拍了一下钟邱沿的脸颊,说:"回到家和我说一声。"

钟邱沿红了脸。他趴在窗口看着周存趣。等车子慢慢启动,周存趣就转头准备走回家了。钟邱沿有点失落地看着周存趣的背影。周存趣穿着羊羔毛棒球外套,手插在口袋里低着头就慢慢走远了。

钟邱沿望着窗外的街景发了一会儿呆,他低头按亮手机屏幕,点进 QQ 空间刷新了一下,发现时隔很久,从来不怎么发动态的周存趣更新

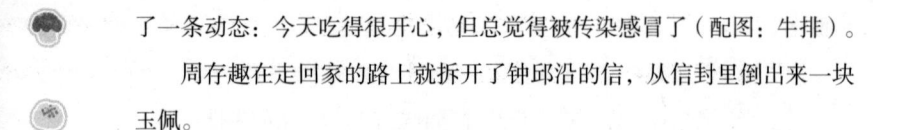

了一条动态：今天吃得很开心，但总觉得被传染感冒了（配图：牛排）。

周存趣在走回家的路上就拆开了钟邱沿的信，从信封里倒出来一块玉佩。

热的汤，软的面包

钟邱沿在信上写：

哥呀，这次期末考试，我第一次发现学习进步是件很快乐的事，我都有点爱上学习了。期末复习的时候我都在翻你给我的课堂笔记本。初中生小周的笔记做得真又干净又有条理，最前面还有一页手写目录。就是太干净了，我在空白的地方都进行了一些艺术创作，先提前和你说一声，怕哪天还给你的时候你揍我。

我决定了，以后都要向小周学习，少玩贪吃蛇游戏，勤快做笔记。邱雪梅一直说我这个人其实很聪明，就是不知道一天天的在往哪里使劲。她有一年跟着她那群老姐妹去北方旅游，然后带回来一块刻着麒麟兽的玉佩。据说是非常有灵的。这块玉我已经戴了很多年了，现在我把它送给你，希望它保佑我哥哥顺利考上想去的大学！一定可以，万一不可以，那就是邱雪梅买假冒伪劣产品！

注：万一被邱雪梅发现玉不见了，你再还我一下，谢谢。

另注：好激动，明天要和哥一起吃牛排了，睡不着又爬起来写一行字。

再注：烦死了，还没睡着……

钟邱沿

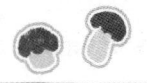

周存趣愣站在十字路口，左边手心里躺着那块麒麟玉。玉佩用黑玛瑙绳串起来，因为上一位主人太过活泼，常戴着它跑来跳去的，玛瑙珠上边有一些小小的磨损。

　　周存趣后来就挂着这块玉，和刘小英一起坐飞机去了报名的学校参加提前招考。考试之前他们两个像特务接头一样，过年期间在家庭聚餐见到面，刘小英就会悄悄问他："事情进行得怎么样？"

　　周存趣说："按计划进行中。"

　　事情确实比预想中的顺利，二三月报名完成，四月考试时间到的时候，刘小英出面替周存趣请了假，然后陪他飞到另一座城市考试。

　　考试那天天气有些闷，好像有一场雨要下。周存趣走进考场前，朝楼下小广场看了一眼，刘小英抱着自己的手袋，并腿坐在凉亭里。老太太矮矮胖胖的一个，坐在一堆年轻的家长中间。钟邱沿之前评价刘小英坐在沙发上看电视打瞌睡的时候，像一颗安静的香菇。

　　考试的那两天，周存趣走出考场的时候，从楼上朝下望，就会看到刘小英真的像一颗安静的香菇，一直种在同一个位置，手里捏着半块吃剩的糕饼，就那样发着呆等待着他。

　　考完试之后，他们在那座陌生城市大概又逛了半天。他们在一个景区走了一会儿之后坐下来。刘小英边敲着自己的腿边说，她刚和周存趣外公结婚的时候也来过这座城市旅行。但那次因为在火车上被偷了钱，下车之后两个人就开始斗嘴，结果根本没好好玩。刘小英笑了一声，她忽然拍了拍周存趣的肩膀，说："不管结果怎么样，都没关系。只是结果出来了，你爸妈一定会知道。到时候不管发生什么事，记得来找外婆。"

　　后来到底发生了什么事，钟邱沿一直不太清楚。他只知道周存趣提前招考的学校录取了他，但高考前周存趣都搬到亲亲家园住。周六的时候，钟邱沿背着拎包跑上五楼，踢掉鞋子推开周存趣的房门。周存趣吹着风扇,坐在写字桌前写着模拟试卷。钟邱沿把冰棍伸过去贴了贴周存趣的脖子。周存趣转头,佯怒地瞪了他一眼。

他们趴在阳台上吃白糖冰棍,天气越来越热,冰棍水淌到手上,顺着手臂流下去。周存趣穿着市一高的夏季校服,敞着领口的扣子,仰头闭起眼睛吹了一会儿风。他忽然睁开眼睛问钟邱沿平方差公式是什么。

钟邱沿嚷嚷:"不准考试,你这个魔鬼,谁让你吃世界上最好吃的冰棍的时候考别人的。"

周存趣哈哈笑起来。

晚上,周存趣抽了点时间帮钟邱沿检查作业。钟邱沿靠在他背上,拿脚玩着那把老旧的落地风扇。周存趣转着笔说:"钟邱沿,如果我是老师,我就扣光你的卷面分。"

钟邱沿嘟囔:"你以后做老师一定也是魔鬼。"他拿额头在周存趣背上顶了两下。

周存趣沉默了一会儿,忽然转头说:"以后可能要外婆替我出学费上那个大学了……"

钟邱沿一用力,把风扇带倒了。他跑过去,把风扇扶起来,又坐回自己的凳子上。他和周存趣对视着,过了一会儿,钟邱沿忽然拍了拍自己的作业本问道:"那生活费的话,你要不要当我的家教,邱雪梅会付你钱的。怎么样,一石二鸟吧?"

周存趣看着他,笑了一下说:"阿姨没说错,你蛮聪明的。"

钟邱沿揉揉鼻子,说:"是吧,我真的……"

周存趣伸手抱住了钟邱沿。

初夏刚下过雨的夜晚,十八岁高考前那一截阑尾般阵痛又凝滞的时间,清早刘小英锻炼完身体会叫周存趣起床搭公交车去上学,晚上她会打着瞌睡,坐在楼底废弃的沙发上等周存趣回家。周末钟邱沿提着零食袋,吵吵嚷嚷地进屋到处找他,什么学校里的大小八卦都要讲给他听。

周存趣一直靠在钟邱沿的肩头,忽然控制不住哭了出来。他颤抖地哭着,哭出了声音,好像小时候小提琴比赛失利之后的那场雪终于落下来化成了水。周存趣哭完之后,擦了擦眼睛,和钟邱沿说:"把作业改一下,这几个字写得难看死了。"

钟邱沿愣了一下,说:"哇……"

周存趣转着笔说:"哇什么,快改……"

风扇呼呼吹着。钟邱沿黏在周存趣身边,揪着头发改作业。他改了一会儿,把脸贴到了周存趣的右手臂上。周存趣盯着自己的试卷说:"起开点,重死了。"

钟邱沿蹭来蹭去。周存趣气笑了,手停了下来,靠到椅背上看着钟邱沿耍赖,过了一会儿,慢慢又红了眼圈。

[6]

城区学校和乡镇学校的结对子写信活动接近尾声。十八岁的周存趣马上要高中毕业。他和十四岁的钟邱沿在那不到一年的时间里,互相写了无数封信。钟邱沿还会隔段时间换一种颜色的信纸写信给他。信上的字写得又有力又端正,很少用涂改液改过。因为周存趣未收到的信件远比收到的多得多。

钟邱沿：

马上要高考了。这周六要提前去看考场，所以托钟梦梦带信给你。本来以为高三这一年无论如何会过得比较艰难，但意外的，倒计时牌上的数字已经快清零了。

上周见面的时候和你说，我妈妈说过，要在人生前半段先把酸葡萄吃掉，往后就只会吃到甜葡萄，所以我现在要这么吃苦努力。然后你说，你们家果园里的葡萄保证只有甜葡萄，你会给我挑最甜的葡萄吃。

我现在想起来还是觉得很好笑，你这个人，真的又笨又机灵的。那天你还因为脸颊上长了痘痘，跟我说话的时候，整颗头像陀螺一样乱转，就是不敢转过来看我。但在我眼里，钟邱沿就是脸颊上长满了青春痘，也是三乡镇最帅的帅哥，你放心。

唉，想想还是觉得很神奇，我在高三的时候突然和一个比自己小四岁的初中生交上了朋友。我想，即使往后我去念大学了，到社会工作了，我都会一直记得我们这一年的。

钟邱沿，你是一颗很甜的葡萄。

周存趣

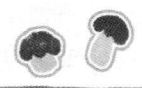

周存趣：

　　这周见不到你，我一下子不知道周六该做什么了。我跟你说哦，我最近因为课堂表现和作业情况都不错，一直被老师表扬。邱雪梅第一次接到班主任不是告状是表扬的电话，她都害怕了。我说那都是周存趣的功劳，少背一个单词，周六的时候被他查到就完蛋了。这个魔鬼又要轻飘飘地说，没背吗，那我们的大房子……

　　我背了，大哥，我听到"大房子"这三个字都快有应激反应了，每次想偷懒的时候，脑袋里就有周存趣的声音在说：大房子、大房子……

　　现在是晚上的自习课时间，你放心，我作业已经写完了，该背的文言文、单词也背完了，一点都不耽误我们的大房子。初二这一年我真是勤奋得自己都害怕了。

　　哥啊，好想你好想你。记得你答应过我高考考完来钟家村玩，我带你去摘葡萄，去山上看星星，去抓鱼抓野兔子，有很多很多好玩的。你一定来啊。

　　啊，我现在闭上眼睛就会想你。上次去找你的时候，你坐在楼下废弃的旧沙发上等我。最近我老做梦，梦到你坐在那里，闭着眼睛休息，像一颗泡芙一样晒在树荫底下，慢慢烤软，然后消失不见了。

　　钟梦梦和我说，你要去读的那间师范学校很难考，很远。我要再投一次胎才有可能考得进去。你以后就是大学生了，我还是初中生。她说你会有很多事要做，哪会有心思再搭理我。

　　我因为她这些话，伤心地思考了一整个周末。然后我现在想，再远又没有远出地球。只要你还在地球上，我就会去找你的。我拿手机查过了，火车票我攒一攒，零用钱肯定能攒下来，坐一天一夜差不多就能到你那里。

　　哥啊,即使你没有时间来找我玩,但是我有很多时间可以跑去找你。我会去找你的。

钟邱沿

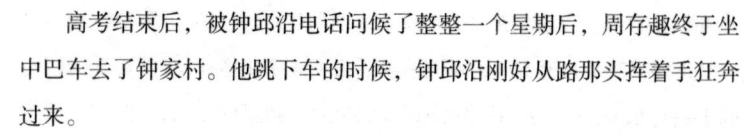

高考结束后,被钟邱沿电话问候了整整一个星期后,周存趣终于坐中巴车去了钟家村。他跳下车的时候,钟邱沿刚好从路那头挥着手狂奔过来。

钟邱沿家还是很旧的一间农村自建房,是钟宝臣从父母手里继承下来的。周存趣进院子就看到了信里时常提到的大黄狗咕咕,以及钟邱沿的妈妈邱雪梅。

邱雪梅高兴地叫道:"嘟嘟的小老师来了?"

钟邱沿懊恼地大叫:"都跟你们约法三章了,小学毕业就不准叫我嘟嘟,你们怎么这样!"

邱雪梅还在那里拉着周存趣碎碎念:"嘟嘟的小老师呀,你爱吃什么菜嘟嘟都告诉我了……但是呢,鱼你喜欢……吃辣吗?香菜呢?"

钟邱沿气鼓鼓地拽着咕咕跟在后头,周存趣忍不住笑出声来。

傍晚,周存趣洗过澡靠坐在钟邱沿那张拿圆珠笔画得乱七八糟的学习桌前面,窗外是雾蒙蒙的远山,空气里有很温暖的饭菜香。周存趣头发上挂着水珠,抱腿坐在椅子上,顺手翻着钟邱沿整齐码放在抽屉里的、他写给他的信。

钟邱沿洗完澡之后走进自己的房间,看见周存趣托腮读着自己过去写的某封信。发丝上的水珠滴到信纸上,周存趣不知道看到哪句话,低头笑了下。

很久之后,钟邱沿重新拆看那些信,其中一封上有一颗小小的水渍,他那时候想,那是信的主人留在信纸上的,一颗珍贵的痣。

晚上他们躺在凉榻上看星星。周存趣惬意地轻叹了一声。他想到高考结束走出考场的时候,门口乌泱泱等候的家长。他挤过人群去公交站台等车,然后看到刘小英抓着自己的帆布袋也正慢慢朝他挤过来。他们像淌水过街,在路中央艰难地汇合。刘小英抓了一下他的袖子,笑眯眯地说:"顺利结束啦。"

周存趣红了眼睛,他躺在凉榻上,轻声重复了一遍:"顺利结束了。"

钟邱沿趴在一边玩着周存趣手上戴着的红绳。周存趣看着他把自己的手翻过来又翻过去。钟邱沿想自然地起个话题聊点什么,但一直不知道该说什么,紧张得差点咬到自己的舌头。

只有寂寂的蝉鸣和黏腻的空气。后来是周存趣忽然若有似无地说了一句:"你的手都出汗了……"

周存趣在钟家村住了两晚,第三天下午他抱着一整箱的葡萄坐上了回城的中巴车。钟邱沿站在车窗外面看着他,周存趣笑着说:"怎么,你想一起走吗?"

钟邱沿说:"那我要不一起走吧。"

周存趣摸了摸他的头说:"不要了,我回城还有事,下次再一起玩。"

钟邱沿点了点头。车子掀起灰尘,在沙石路上摇摇晃晃地跑远了。几天后钟邱沿写下了给周存趣的最后一封信。

哥，车子开走的时候，我突然想到，几个月后，不管是亲亲家园还是市一高都没有周存趣了。这座城市里我都找不到你了。

大鱼在这个学期的期末和追了一年多的班花又表白了一次，然后还是被拒绝了。他说初恋就是这样的，每个人的初恋都是很好很美但有点痛的东西。阿山说他有点像个诗人了。

大鱼说喜欢班花的这一年多，每天在学校都很有事干，发呆的时候看着她，放空的时候在心里想着她，喜欢一个人像是那个人变成了一个锚，然后把他定在了这个世界上。

我知道这封信寄到市一高的时候，你已经从那里毕业了，可能收不到。所以我要在这封信里偷偷地说，周存趣，不管是高三生周存趣还是成为大学生的周存趣，都是我在这个世界上最崇拜的人。我会把买游戏卡的钱，买零食的钱都攒下来去找你的。哥，你一定一定要等我好吗？拉钩，拉钩!!!

钟邱沿

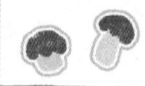

七月初,周存趣又回校了一趟,去帮老师弄材料。他在闷热的午后走进校园。门卫抬了抬眼镜,忽然叫住了他。

　　周存趣转身。门卫挥着手里的信封说:"哎,同学,你的信吧?这儿还有一封你的信没取走。"

　　周存趣拿过信,看着信封上端端正正写上去的地址。背后高考倒计时的牌子已经完全清零了,放暑假后校园里静悄悄的,周存趣额间冒着细密的汗珠,靠在门卫室的荫凉处,拆开了那封最后的、写给他的信。

(完)

RE DE TANG,

RUAN DE MIANBAO

季节限定
野菇稚茸炊饭

JIJIE XIANDING YEGU ZHIRONG CHUIFAN

上周，阿山的女儿小心出生了。

小心的干爸们趴在她的婴儿床边上看她。小心刚喝完奶，眼睛闭着，两只手握着小拳头放在自己的耳朵边上。太小了，钟邱沿和周存趣说，原来宝宝生出来只有小手臂那么一截长，像一颗红彤彤的小萝卜。

他们两个从医院出来慢慢散步回家，路上到常去的卤菜店买点卤时蔬。天气降温之后，他们就很喜欢在家里煮小火锅吃。小锅在餐桌中央咕噜咕噜冒着热气，钟邱沿自己用鱼肉熬了点高汤做汤底。周存趣把风衣外套挂回了房间的衣柜里，从里边抽了件连帽卫衣套在自己身上。

钟邱沿在厨房里边低头边把卤菜倒出来，边和周存趣说着话："邱雪梅问我们这周回不回家吃饭……或者她说她也想来看看阿山的孩子……"

周存趣把手缩在卫衣袖子里，转进卫生间又转去阳台。钟邱沿转头才发现，自己跟空气说了半天话，这人又不知道跑哪里去了。

钟邱沿冲着客厅喊了一声："大哥，你手机在餐桌上。"

周存趣从房间里转出来，小声嘟囔着："不行啊，我最近是不是年纪大了，越来越忘事。"

他们在餐桌边坐下来，和刘小英打了声招呼，开始吃晚餐。他们头顶的小吊灯周围散发着温暖的热气，钟邱沿给周存趣夹了一颗鱼丸。

前几个月周存趣计划要改造一下老旧的卫生间。他换掉了发黄的白色壁砖，换了款横条蓝的瓷砖，黑白格地板，然后把原先的淋浴间变窄，又塞进去一只粉色的日式小浴缸。

卫生间装修改造那会儿，他和钟邱沿出去住了一段时间。傍晚他下了班，去"热的汤，软的面包"店吃饭。十月底，季节限定的野菇稚茸炊饭重新上市。钟邱沿写了一块牌子挂在门口,牌子上画了一碗满满的饭。周存趣挤进厅堂,服务生路过他的时候小声说:"趣哥,没位置了,你去员工室吧。"

周存趣脱了外套,挂在手臂上,推开了员工室的门。过一会儿,服务生会进来给他送餐。吃过饭之后,他就边工作边等着钟邱沿关店。

员工室里听得到外面杯盘叮当的声响,食客说话的声音,还有餐厅里柔缓的音乐。周存趣很喜欢那种时候,特别是钟邱沿忽然撞进员工室,往他嘴里塞一块刚烤出来的黄油巧克力饼干,然后又风风火火地跑走了。

周存趣觉得坐在那里有一种很特别的安全感。

大概晚上八点多,钟邱沿收拾完店铺,推开员工室的门说:"幼儿园大班的周存趣小朋友,看是谁来接你回家啦。"

周存趣笑起来,低头合上了笔记本。

卫生间装修改造那段时间,他们在亲亲家园附近的一个新小区短租了一间房。再回来的那天,双黄蛋爷爷正在搬家,准备住到养老社区。他们两个人在那里买了一个小单间,厨房卫生间都有,楼下有共享餐厅、会客室、休闲房。社区工作人员帮着他们把大包小包的东西往小货车上搬。大黄爷爷拎着两条非常重的木雕鱼。二黄爷爷在楼下骂他:"这你带去干吗,什么都不舍得扔。"

大黄爷爷回骂他:"我就不扔。"

他们又在楼下下棋用的小凳子上坐下来休息。之前他们坐在钟邱沿店外的小缘廊上下棋的时候,大黄爷爷去店里上厕所了,钟邱沿陪二黄爷爷坐着。二黄爷爷说他其实以前结过婚的,有过一个小孩,后来意外身亡。他爱人也去世之后,他就搬过来和哥哥住一起。他们俩从小吵到大,也三天两头打架。到了现在,大黄爷爷前段时间查出来得了蛮棘手的病,要不停地吃药不停地看诊。二黄爷爷说:"我突然好怕啊。我俩连出生都是一起的。要是哪天看不到他了……"

大黄爷爷正好系着自己的裤带走出来。二黄爷爷转头骂道:"你体面不体面啊。"

大黄爷爷给自己系了个蝴蝶结,骂道:"你看看我体面不体面?"

钟邱沿笑死了。拍拍他们两个,回了店里。

双黄蛋爷爷坐上货车去养老社区前,硬是把那对重得要死的木雕鱼送给了他们两个。于是周存趣和钟邱沿一人拎着一条鱼,慢吞吞走上了五楼。

过了几天,小心就出生了。

吃完火锅,周存趣闭着眼睛靠在他们的新浴缸里泡澡。钟邱沿洗着碗,和周存趣聊了几句,前几天他做了个梦,还没来得及和周存趣说。他梦到一觉醒来,床上躺个小萝卜头,醒了就大哭大叫。钟邱沿就在客厅消毒箱里到处找奶瓶给他泡奶,又拽出一片尿不湿冲进房间。钟邱沿说:"哇!就记得他一直赖在你怀里不肯动。我说抱抱呀,他咬着自己的小手指,看也不看我。"

周存趣还闭着眼睛,笑了笑。钟邱沿说:"你知不知道宝宝小名叫什么?"

周存趣问:"叫什么?"

钟邱沿说:"叫噗噗。"

周存趣直接笑出了声。

钟邱沿也笑了。

两个人又靠在沙发上看了一会儿电视。这栋老旧的教师公寓原先的住客已经一个一个离去。过几天,二楼双黄蛋爷爷家会进出一些看房的人。钟邱沿送周存趣下楼开车上班,两个人坐在亲亲家园门口的早餐摊一起吃早饭。

周存趣说:"我走了。"

钟邱沿咬着小汤包,朝他摆摆手说:"早点回来哦。"

周存趣笑着也朝他摆摆手。

我们还未互相认识……

君のことが大好き。

蘑菇力 3.0
MOGULU 3.0

假如九岁的周存趣遇到二十九岁的钟邱沿

[1]

周存趣上完英语补习班,背着书包坐在车站站台上等妈妈来接。天气燠热,他低头盯着自己的卡其色工装短裤上那条小小的线头。挨着他坐下的大人扯了一下那根线头。周存趣抬头,一个年轻男人把手肘支在自己的膝盖上,递给他一瓶玻璃汽水。

周存趣没有接。他低头拉了下书包背带。

那个男人讪讪地收回手,自己喝了口汽水,就靠在他身边拿一本足球杂志扇风。风呼呼吹起周存趣的刘海。一辆2路车到站,男人和他说了声再见,跳上车走了。周存趣和一瓶未开封的玻璃橘子汽水继续靠坐在站台上。

齐兰香开车过来。周存趣站起身的时候犹豫了一下,还是任那瓶汽水继续放在了那里。

下一周的周末,英语补习班下课。周存趣又碰到那个男人。他们保持半个人的距离,一起坐在站台上。男人递给他一片薄荷口香糖。周存趣摇摇头。男人看起来百无聊赖,穿着件松垮垮的短袖衫,仍旧那样坐在周存趣旁边扇着风。这次齐兰香的车比2路车更早到。

周存趣背着一只大大的深蓝色日式书包,钻进车后座。齐兰香戴着墨镜,打了一下方向盘调转车头。她问周存趣上课的内容。周存趣趴在车窗上,看到站台上的男人站起身笑着朝他挥了挥手。

不知道是哪一天,好像是快入秋的那一周。齐兰香的车在路上爆胎了,一直没有过来。周存趣抱着自己的书包,低头让两只鞋子碰一碰又分开。他其实很习惯这种等待,好像他作为一个九岁的小孩需要练习的科目除了语数英,还有一项就是等待。但那天他又饿又累,呆望着渐暗的天色。

身边的男人递给他一包苏打饼干。周存趣还是摇摇头。男人自己打开包装,吃了一块,说:"保证没毒。"

周存趣把额头抵在书包上思索了片刻,有点不好意思地抬起头拿了一块饼干。他很慢地吃着饼干。身边的男人和他说自己叫钟邱沿,是个公交车司机,周末上晚班,所以下午出门上班的时候老能在站台碰到刚下课的周存趣。

周存趣和钟邱沿分着一包饼干,一直到周围的街灯一瞬间亮起来。齐兰香的车终于闪着车灯过来。周存趣站起身要走过去拉车门,他又转回头,腼腆地摆摆手,和钟邱沿说:"哥哥再见。"

下一周,周存趣也给钟邱沿带了一包巧克力饼干当作回礼。钟邱沿说这种饼干可以把舌头变黑。他嚼了一块饼干,然后给周存趣看自己黑乎乎的舌头。周存趣被逗笑了。他也吃了一块,伸自己的舌头给钟邱沿看。钟邱沿哇了一声,说:"你连牙齿都变黑了,你比较厉害。"

周存趣仰着头,开心地咧开了嘴。

他开始很期待补习班下课之后,在站台上看到钟邱沿。他把自己的书包放在地上,盘腿坐在长条椅上面和钟邱沿下围棋打发时间。钟邱沿完全不是他的对手。周存趣蛮骄傲地摸了摸鼻子,小声地和钟邱沿说:"我们老师都说我是'天才'。"

钟邱沿弹了一下他的脸颊说:"真的吗?"

周存趣边低头收着棋子边说:"真的。因为我每科成绩都很好,还会拉小提琴,还会下棋……同学也叫我'天才'。但他们不爱和我一起玩,还让其他班的人也不要和我一起玩……"

他收光棋子,又夹了一颗黑子点在棋盘,然后抬头和钟邱沿说:"到你了。"

钟邱沿看着周存趣,忽然问他:"学习、拉小提琴、下棋,你都喜

167

欢吗？"

　　周存趣眨着眼睛愣愣地看着钟邱沿。他在思索出答案之前，刘小英在马路对面边喊他的名字边迈着小步赶过来叫道："存趣！今天外婆过来接你，妈妈有点事。"

　　周存趣站起身之前，钟邱沿先站起身握住刘小英的手叫道："刘老师，是刘老师吧。我是83级的钟邱沿你记得吧，咱们班当时班主任是你啊……"

　　刘小英嗯啊地应着，仰头看着钟邱沿的脸，迷糊道："83年我还没到市一小……"

　　钟邱沿啊了一声，晃了晃刘小英的手说："那可能是93级的。我们班里还有个特别胖的小胖墩，记得吗，一份盒饭根本不够吃……"

　　刘小英翻眼皮回忆着，嘟囔道："好像是有一个胖墩，是叫沈海洋吗？"

　　钟邱沿在她背上拍了一巴掌，点头说："就叫沈海洋。"

　　半个钟头后，不知道为什么，刘小英和齐问迁坐在四方餐桌两侧面面相觑。周存趣左右看看他俩，钟邱沿夹了块红烧肉给周存趣，又自己尝了一块，瞪大眼睛夸赞道："刘老师，不得了，不仅教书好，做饭也好吃。"

　　刘小英被夸得有点不好意思，努努嘴说："你再尝尝拌菜，自己拌的，酱料是我的秘方。"

　　钟邱沿应了声，大大地塞了口饭。周存趣学他，端饭碗往自己嘴里塞了一大口饭，差点呛到。

　　饭后，钟邱沿陪周存趣坐在沙发上看动画片。十分钟后，周存趣自己弹起来，抱着书包进房间写作业去了。钟邱沿推开房门，周存趣坐得笔直，在小台灯底下把书包里的练习册整整齐齐摞在书桌上。九岁的周存趣两颊还有婴儿肥，一笑，右脸颊有一个小小的酒窝。他的头发理得很干净，穿着一件胸前有卡通小恐龙的尖领小短袖，下摆整齐地扎进牛仔短裤里。

钟邱沿忍不住走过去捏了下他的脸蛋，手撑在膝盖上，躬身说："哥哥要回家了。和哥哥再见。"

周存趣有点懊恼地捂着自己的脸颊，说："哥哥再见。"

钟邱沿走后。周存趣削了两支铅笔。

他拿着铅笔演算数学题的时候忽然又想起钟邱沿问他：学习、拉小提琴、下棋，你都喜欢吗？

周存趣觉得这个问题很难回答。

一开始也不是他喜欢才学的，学到现在也谈不上喜欢。只是他都还蛮擅长的。擅长等于喜欢吗？他决定下次问问钟邱沿。

隔天，刘小英踩自行车带他去市一小上学。

自行车驶过十月路口，早晨的自行车交汇在红绿灯前，初秋，天气晴好。

刘小英兀自说着："我还去问庄老师，93年我也没当过班主任啊，哪个班里有个叫沈海洋的小胖墩……"

周存趣坐在车后座，抱着外婆的腰，晃着自己两条短短的小腿，打了个喷嚏。

[2]

周存趣又打了一串喷嚏。蹲在阳台上的钟邱沿和齐问迁同时转头看了他一眼。

那天来家里吃过饭之后，钟邱沿就老是熟门熟路地跑过来，说是给恩师刘小英带了什么东西。

齐问迁退休闲下来之后，在阳台上种花养鸟。钟邱沿说自己家里人就是种花的花农，这方面的知识是专业级别的。

傍晚刘小英把周存趣从学校带回家之后,钻进厨房准备晚餐。周存趣放下书包,踮脚站在洗手池边洗手。钟邱沿和老齐嘀嘀咕咕探讨着花期的问题。

刘小英端着砂锅出来,站在餐桌边哎了一声,冲阳台上说:"不对啊,你怎么每天都在我家。"

钟邱沿拍拍手上的泥,跳起来问:"开饭了吗?"他推开周存趣房间的门,把周存趣连人带手上的铅笔捞起来,抱着他放到餐桌边说:"外婆说开饭啦。"

周存趣愣愣地哦了声。

小方餐桌四边各坐了一个人,餐桌布上放着简单五道菜。周存趣边吃着饭,边听钟邱沿和刘小英你来我往地"骂战"。很多话他还不怎么听得懂。但齐问迁扶着眼镜笑的时候,周存趣就跟着咯咯笑。

钟邱沿伸手摸了摸他的头发。

有几次傍晚,刘小英留在学校里整理什么文档,打了电话回家,让齐问迁先把周存趣接回家。周存趣背着大大的书包站在校门口等。过一会儿,钟邱沿踩着齐问迁的自行车从街角过来。他停住,扔一袋可乐糖到周存趣怀里,一边伸手拿过周存趣的书包放在车兜,一边说:"上车,回家吃饭。"

周存趣蹭上车后座。他抓着钟邱沿的衣角,看着钟邱沿歪歪扭扭地挤过下班高峰期的街巷,把他带到卖关东煮的小摊边上付钱要了一杯关东煮。钟邱沿自己咬着签子,递了一串甜不辣给周存趣。周存趣摆摆手说:"妈妈说,路边摊不可以吃。"

钟邱沿怂恿着他:"吃一个不要紧的。"

周存趣坚持了半分钟,犹犹豫豫地张口咬了一个。他舔了舔嘴唇。钟邱沿又让他尝了尝白里脊。两个人一路骑,一路吃。在小卖部又买了辣条、果冻卷、蘑菇力。周存趣嘴角还沾着辣条汁,坐在车后座玩着钟邱沿买给他的悠悠球。

钟邱沿骑过十字路口,说着:"回家再玩,路上危险。"

周存趣应了一声,收起了悠悠球。

钟邱沿停好车,在后面装大老虎要抓周存趣。周存趣抱着自己的书包,又慌又笑地拼命往五楼跑。钟邱沿大叫:"啊呜一口吃掉小趣。"

周存趣哈哈笑着,差点扑倒在台阶上。钟邱沿把他连同书包一起拉住,抱到了怀里。周存趣惊魂未定地抱住了钟邱沿的脖子。

钟邱沿托着他的屁股抱起来往楼上走。钟邱沿问他:"今天在学校好好吃饭了吗?"

周存趣把下巴搁在钟邱沿肩上,第一次蛮诚实地和大人说:"只吃了一半。"

钟邱沿问:"为什么?"

周存趣说:"食堂的菜不好吃。"

钟邱沿笑着说:"挑食容易长不高啊。以后也只有现在这样小笋段似的一截高怎么办?"

周存趣脸红红地说:"才不会。"

钟邱沿说:"会的。"

刘小英在楼底停好车,就听到楼道里回荡着两个人答录机似的对话:"不会。""会的……""不会啊。""就会……"

晚上写完作业。周存趣摊开自己的日记本,挑了支喜欢的铅笔在上面端端正正地写好日期。他写:今天钟邱沿哥哥带我吃了很多好吃的东西。这些东西平时妈妈和外婆都不会买给我。我总觉得做了不该做的事。但是哥哥说,如果我吃得很开心,那就是做了对的事。我想了一下。我很开心。希望明天也是哥哥来接我。

不认识的字他全都标的拼音,读起来也没有阅读障碍。

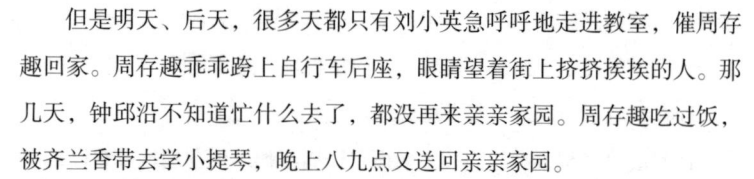

但是明天、后天，很多天都只有刘小英急呼呼地走进教室，催周存趣回家。周存趣乖乖跨上自行车后座，眼睛望着街上挤挤挨挨的人。那几天，钟邱沿不知道忙什么去了，都没再来亲亲家园。周存趣吃过饭，被齐兰香带去学小提琴，晚上八九点又送回亲亲家园。

他从齐兰香的小轿车上背着琴盒跳下来。齐兰香降下车窗说："回去洗澡睡觉，十点前要睡下。听见了吗？"

周存趣点头说："听见了。"

轿车掉头，开出了亲亲家园。周存趣敲开五楼的房门，钟邱沿正站在玄关口。他拿了自家酿的荔枝酒过来，本来想和齐问迁小酌几杯，结果两个人越喝越来劲，一整壶就快见底了。钟邱沿头晕乎乎地蹲下来，左右手扯着周存趣的脸，笑眯眯地说："这么可爱啊，脸像芝麻馅的小汤圆……"

周存趣掰着他的手，生气地要打钟邱沿的头。钟邱沿把他拉到餐桌边问他要不要喝荔枝酒。齐问迁醉得眯着眼睛，口齿不清地说："哎哎，小孩子不能喝酒，未成年人不能喝酒……"

钟邱沿把自己的酒杯给周存趣说："舔一口尝尝。"

周存趣蛮老实地舔了一口，然后辣得瞬间哭了出来。钟邱沿哈哈笑着和他说对不起。周存趣挂着鼻涕呜呜哭。酒精起作用之后，很快窝在钟邱沿臂弯里睡着了。

周存趣在一个轻飘飘的梦里，看到自己拿着小提琴站在一个悠悠球上来回摆荡。钟邱沿操纵着悠悠球上上下下。周存趣觉得很好玩。他大叫："哥哥晃得再快一点！"

第二天晚上，周存趣如实记录了自己的梦。他说：哥哥给我喝了酒。外婆骂了他一顿。但我不讨厌。我喝醉之后，做梦梦到自己站在一个悠悠球上。我很快乐。今天傍晚，我问了哥哥，我擅长学习、拉小提琴、下围棋,擅长等于喜欢吗?哥哥说不等于。让我开心快乐的事物,才是我真正喜欢的。

还是和之前一样,不会写的字用拼音。

周存趣打了个哈欠,把铅笔放回了铅笔盒里。他合上日记本,放回书桌最下面的抽屉里。他打开抽屉的时候,不知道什么时候钟邱沿在里面放了一张纸条。可能是傍晚陪周存趣写作业的时候,坐在他边上随手乱画的。纸条上画了一个脸像颗小汤圆的周存趣。

周存趣脸红红地嘀咕:"我哪有长这样……"他把纸条夹进了日记本里,重新关上了抽屉。

[3]

过了几天,周存趣拉开抽屉,会有两盒蘑菇力放在他的日记本上。钟邱沿粘了一张小纸条,画了颗大大的笑脸。周存趣咧嘴笑了。隔天,钟邱沿可能会给他放棒棒糖,或者红色小汽车模型,还有周存趣喜欢的儿童读物。

晚上九点睡下后,周存趣第一次又偷偷爬起来,穿着一套卡通秋衣秋裤跑到客厅的座机电话面前,拨通了钟邱沿留给他的电话号码。钟邱沿在那头"喂"了一声。周存趣把自己裹在小毛巾毯里面,压低声音小声说:"哥哥……"

钟邱沿笑着说:"我猜猜是谁啊……"他问,"是美美阿姨的儿子通通吗?"

周存趣说:"不是。"

钟邱沿又问:"你很喜欢吃蘑菇力饼干吗?"

周存趣嘿嘿笑着说:"是的。"

钟邱沿说:"那就是周存趣啊。怎么这么晚才打给我?"

周存趣绕着电话线,小声说:"就是试试电话打不打得通。哥哥晚安。"

钟邱沿说："晚安。"

周存趣又披着毛巾毯飞快地跑回了房间。

那之后，他经常在晚上外公外婆回房之后，偷偷溜出来给钟邱沿打五分钟不明所以的电话。他会问钟邱沿为什么今天没来家里玩，什么时候会再去接他放学。

钟邱沿叹口气说："上次刘小英都问我是不是无业游民了，每天在他们家这一带出现。"他笑问，"周存趣是不是想哥哥了？"

周存趣抱着自己的膝盖，没回答。钟邱沿说："我也想周存趣了。"

周存趣两只脚互相蹭着自己的小袜子，刚要说话，刘小英出来上厕所。周存趣甩掉听筒，跑回了房间里。他惊魂未定地把自己裹进了被子里。

那可能是周存趣有记忆以来第一次小小的叛逆，居然在大人规定的睡觉时间又起床给别人打电话。电话越打越长。有时钟邱沿晚上来家里玩了，周存趣还会打过去找他聊天。

天气冷下来之后，他在内衣外面披了一件厚外套。他开始和钟邱沿玩起了睡前故事接龙游戏。周存趣编一半的故事，剩下一半明天钟邱沿编出来说给他听。

周存趣在那年期中考试考了二年级的第一名，语文数学都是满分。齐兰香决定多找一个奥数私教，以后可以参加数学竞赛。周存趣不会对妈妈的任何安排说不。他乖乖被带去上课，上课间隙他会想着应该怎么接他们的那个睡前故事。晚上九点，他会准时拨通钟邱沿的电话，等着听好听的睡前故事。

有一周，齐兰香给他请了两天假，带他去邻市小提琴考级。考试的下午，周存趣抱着自己的曲谱和琴盒坐在等候室里和齐兰香说他肚子疼。齐兰香狐疑地望着他。她蹲下来摸了摸周存趣的头说："不要紧张，这几首曲子不是练得很熟了？"

周存趣仰头说："不是，是真的肚子疼……"他没继续说下去，低头咽了一下口水，安静了下来。

那个午后非常漫长。等候室里开着暖气，空气闷热。身边是走来走去的陌生人。周存趣坐在人群后面，闭起了眼睛，决定自己安慰自己疼痛的身体。走上台的时候，他的脸已经白得没了血色。

齐兰香站在台下看着他。周存趣把小提琴架到脖颈处，拿起琴弓。有一天的夜间电话，他曾经问过钟邱沿，为什么不管怎样演奏那些美丽的曲谱，他都听不出那有多好听。为什么不管是《小步舞曲》还是《春之歌》，都让他感到惶惑不安。

最令人不安的是，他在台上忘掉了整支曲谱。评审和妈妈一起盯着他，周存趣疼得几乎喘不过气来。过了不知道多久，他决定放下琴弓投降。

晚上八点，齐兰香把他送回了亲亲家园。周存趣自己背着琴盒，闷头走上了五楼。刘小英坐在沙发上打着瞌睡，她闭着眼睛头往下点了一下后醒了过来。她抬起头看到站在玄关口发呆的周存趣。刘小英站起身笑着说："小趣回来啦？考得怎么样，饿不饿？"

周存趣缓过神，换好鞋子，朝自己的外婆笑笑。他点点头说："我回房间写作业。"

刘小英打了一下哈欠，也进了房间。

九点。周存趣坐到沙发上，拿起座机电话打给钟邱沿。接通之后，他没说话。钟邱沿喂喂了两声，问："怎么啊？今天比比谁憋气厉害吗？"

周存趣忽然抬手抹了抹自己的眼睛，捂着自己的嘴巴，眼泪吧嗒吧嗒掉下来。钟邱沿沉默了一下，问："周存趣哭了吗？"

周存趣呜呜哭出了声。他把头抵在沙发抱枕上，不让自己的哭声太响传进外公外婆的房间里。钟邱沿等着他哭够说话。周存趣打着哭嗝，小声地说："我今天肚子疼，我……"他委屈地闭眼睛又缓了一会儿，继续说："我没考好……妈妈说我……"

钟邱沿大致猜出了是什么事情。他说："等哥哥十五分钟好不好？"

你握着听筒边和哥哥说话边等,十五分钟后你给我开一下房门。"

十五分钟后。周存趣穿着睡衣睡裤蹑手蹑脚地跑出去打开亲亲家园五楼的房门。钟邱沿喘着气站在门口。他竖起食指,示意周存趣不要说话。然后脱掉自己的外套,把周存趣裹起来,抱下了楼。

周存趣红着一双眼睛,问:"哥哥我们去哪里?"

钟邱沿说:"兜风。"

钟邱沿不知道从哪里搞了一辆小货车,货车车斗里放满了鲜花盆栽。花在晚风里摇曳。周存趣坐在副驾驶位上,趴在车窗上看着深夜安静的街道,风呼呼灌进来。钟邱沿在车上放着流行歌曲,很开心地说:"我知道接下来的故事怎么编会比较好玩了。想不想听?"

周存趣转头看他。钟邱沿边慢慢开着车,边给周存趣讲故事。周存趣吸着鼻涕泡,听得很认真。钟邱沿开着车在小城市里游荡。他停车,在夜市一条街上给周存趣买了一串冰糖草莓。周存趣边说着妈妈说不能吃这么甜的东西,边大大地咬了一口。

钟邱沿揩了一下他嘴角的糖渣,哈哈笑了。

车子停在江边。钟邱沿问周存趣想不想看日出。周存趣犹豫着说:"但是我要回去睡觉,妈妈说不睡好觉会长不高的。"

他低头揪着自己的食指,过了一会儿说:"但是我想看。"

他盖着钟邱沿的外套,躺在钟邱沿的腿上睡过去。太阳快升起之前,钟邱沿拍醒周存趣,抱着他等待太阳升起。

后来周存趣知道了,太阳每天都升起,但是每个日出都是不一样的。他睡眼蒙眬地贴在车窗上看到了人生中第一次日出。他哇了一声,看着柔和的日光穿过云层抵达了他。他扭头朝钟邱沿笑。钟邱沿看着他,问他:"开心吗?"

周存趣眯着眼睛重重点头说:"开心!"

钟邱沿说:"我们故事的结尾,悲伤的小浣熊宝宝,最后也很开心。

他决定不再想起昨天的不开心。周存趣能做到吗?"

周存趣咧嘴笑着说:"能做到。"

与此同时,十月路口附近派出所内,一位钟姓中年人报警说自己的小货车被偷了。一个年轻男性昨晚偷偷开走了他的车。他追出来的时候,那个男人坐在副驾驶上说是钟宝臣的儿子,借用一下车。

钟宝臣愁眉苦脸地和警员说:"但是警官,我儿子今年才五岁,最近还因为跳麦草堆,把左腿跳断了,正在家里养伤……"

[4]

周存趣在日记本里写道:这周的小提琴课,我很不想去上。老师可能会再让我练两个小时的考试曲目。钟邱沿哥哥说,等妈妈把我放在小提琴老师家楼下,他就带我去玩。我在楼下等他,他真的来了,还给我带了好吃的。

这是周存趣第一次逃课。他整个人紧张得跟做贼似的,抱着小提琴盒,贴在钟邱沿身后,过一会儿就抬头问钟邱沿:"要是妈妈问今天学了什么,怎么办?""要是妈妈打电话给老师怎么办?"

钟邱沿转头问他:"要是妈妈发现了会怎么样?"

周存趣说:"会骂我的。"

钟邱沿耸耸肩说:"那就骂咯。"

周存趣歪了一下头,一时语塞,懵懂地被钟邱沿牵着手带去了动物园玩。从小到大他只有在幼儿园春游的时候来过一次动物园。当时因为有个小朋友走丢了,老师都忙着找人。周存趣作为全班最乖最早熟的小朋友,被要求站在边上帮忙看护其他同学。所以他什么都没来得及看。

钟邱沿带他坐小火车穿越"澳洲荒野"和"亚洲草原"。周存趣仰头看着长臂猿从一棵树挂到另一棵树上。他给所有可爱的小动物啪啪鼓掌。钟邱沿忍不住揉了揉他可爱的脸,笑着说:"你也是最可爱的小动物。"

他给周存趣买了泡泡水和迷彩望远镜。周存趣胸前挂着儿童望远镜，戴一个配套的小渔夫帽，和钟邱沿并排坐在儿童乐园门口吃双球冰淇淋。他冷得牙齿打架，但还是小心翼翼地舔着冰淇淋球。

他们在差不多小提琴课下课的时间点回到提琴老师家楼下。周存趣背回小提琴盒，站在楼底等着妈妈来接。齐兰香远远看见周存趣蹦蹦跳跳地玩着胸口挂着的长颈鹿小铃铛。

周存趣上车的时候，齐兰香问他小铃铛哪里来的。周存趣生平第一次撒谎道："老师给的奖励。"

齐兰香点点头，没有再追问下去。

周存趣捧着小铃铛，朝窗外的同龄小朋友晃了晃。

有一天刘小英和齐问迁说，感觉周存趣活泼了许多。吃晚饭的时候会主动和外公外婆说话了，还会撒娇求外公给他买零食吃。齐问迁把整个钱夹子都拿出来送给小外孙了。周存趣吃完饭，跑跑跳跳地去楼下小卖部买了几包钟邱沿喜欢的薯片。

他在一天的晚上打电话时，对他最好的朋友钟邱沿做出了邀请，邀请钟邱沿来参加下周五的家长开放日。周存趣的爸爸妈妈一般都没空参加，他也不想外婆刘小英去，所以今年他决定邀请钟邱沿。

周五，钟邱沿准时出现在市一小二年级一班教室门口。周存趣坐在第三排正中间，背脊挺直地听老师讲课。他特意扭头看了一眼窗口。钟邱沿冲他挥挥手。周存趣耳朵红红地迅速转回头，继续望向黑板。

接下去老师不管问什么问题，周存趣都会积极举手。他回答问题的时候有点紧张，提高了一点声量，被表扬之后，又一脸严肃地端端正正坐了回去。钟邱沿看得笑出了声。

下课时间，家长可以走进教室。钟邱沿坐到周存趣前边的位置上，弹了一下他的额头说："班长就是厉害啊。"

周存趣红了脸,小声嘟囔了句什么。他抓着铅笔把课堂笔记好好誊抄到笔记本上。钟邱沿低头看着他写字,忽然他抽开周存趣的本子,看着他的课桌桌面上布满划痕,还有用圆珠笔写的不文明的绰号和话。

周存趣把本子放回课桌,老神在在地说:"不用在意。他们就是无聊。"

钟邱沿问:"'他们'是谁?"

周存趣不说话了,安静地转着自己手上的笔,过了一会儿,耸了耸肩。

钟邱沿盯着周存趣看。不管是长大了的周存趣还是现在的周存趣都没提起过,自己在学校里曾经被人"欺负"。钟邱沿不知他是真不在意还是怎么样。他按了一下周存趣的头,凑到他耳朵边小声说:"下次有人在你课桌上写字,你要挥拳揍他。不管打输打赢,你一定要揍他。听到没?"

周存趣摆摆手说:"不可以打架。"

钟邱沿说:"这是例外。他弄坏了你的东西,你就该揍他。你要把事情闹大。"

周存趣似懂非懂地抬头看着钟邱沿。

家长开放日后的下一周。周存趣课间上完厕所回到教室,看到两个同学凑在他的课桌前翻他的试卷。他站在讲台边上,看他们嘻嘻哈哈地把试卷又皱巴巴地塞回了课桌里。周存趣是个不太敢生气的人,所以那一瞬间他也不知道自己该不该生气。他只是有点不舒服。

他走过去让他们从位置上走开。其中一个男生对着他扮了一下鬼脸。周存趣站着,看着他们踏过地上的试卷走到过道上。他忽然拉住其中一个男生的卫衣帽子,兜头打了他一下。周围的人都愣住了。

周存趣心跳急速加快,自己也愣愣地说:"你把我的试卷弄脏了。"

男生捂着自己的头,不可思议地看着周存趣。周存趣坐回了自己位置上,捡起卷子。

下一节课结束,周存趣被叫去了班主任办公室。班主任问他是不是动手打人了。周存趣背着手,乖乖点头说:"打了。"

刘小英收到通知赶过来。周存趣和另一个同学并排站在办公室门口罚站。年轻的班主任很有礼貌地给退休返聘回来的副校长讲了一遍周存趣打人的经过。刘小英走进二年级一班的教室帮周存趣收拾书包的时候,低头看到了那张课桌。她坐下来,仔仔细细地看了一遍课桌上的污言秽语。

刘小英走出教室,重新走回办公室门口,红着眼睛蹲下来问她的小外孙:"是因为他经常故意弄坏你的东西吗?"

周存趣愣了一下,点点头。刘小英抹了下眼睛,说:"揍得好。"

周存趣不知道外婆为什么伤心地流下了眼泪,抱着他,难过地说:"外婆对不起存趣,外婆一点也不知道。"

那天周存趣在日记本里写:外婆为什么向我道歉?她说她保证不会再有人敢欺负我。外婆会帮我对付他们。今天也是第一次,外婆没有问我课上得怎么样。她问我,在学校开不开心。我打电话告诉了钟邱沿哥哥今天的事。他说我是最勇敢的小朋友。太好啦。

[5]

在二年级第一个学期快结束前,周存趣在学校交到的第一个好朋友,是个说话有点结巴的叫段家豪的小男生。放学后,周存趣和段家豪一起走出校门,然后挥手说明天见。钟邱沿踩着自行车溜到他身边转了一圈,调笑道:"我们家孩子交到好朋友了啊?"

周存趣跳上车后座,箍着钟邱沿的腰脸红红地说:"段家豪学习成绩也很好的。我们一起讨论数学题。"

钟邱沿夸张地哇了一声。他载着周存趣转去实验中学门口吃有名的小烤饼。他们排在队伍里头,边嘀嘀咕咕说话,边等着烤饼出炉。周存趣变得比过去又话痨了一点。钟邱沿半蹲着,听他讲学校里发生的事。

刘小英女士在学校里成立全市第一个"反校园霸凌工作小组"。虽然目前小组成员只有她一个人,但是她非常积极地进行着工作,而且她开始有事没事就来周存趣教室门口看他一眼。

段家豪断断续续地说:"班……班长,她又……又来了。"

这样搞得周存趣又有点不舒服了。但是他知道外婆是好意,所以决定不去说她。钟邱沿叹口气,摸摸周存趣的头说:"你怎么老像过奈何桥的时候忘记喝孟婆汤了,实际有二十九岁那么大了吧。"

周存趣吸着自己保温水杯里的水,懵懂地歪头看他。

他们那天回家已经很迟了。进屋的时候,齐兰香抱胸坐在沙发上。刘小英也有点着急地问周存趣:"你们哪去了?外婆都以为出意外了。"

周存趣从口袋里掏出半个没吃完的烤饼说:"买烤饼去了。"

齐兰香十分生气地站起身道:"妈,你和爸到底怎么回事啊。这么小的孩子可以让陌生人去接吗?万一被拐走了呢?"

周存趣急切地抬头和妈妈解释:"哥哥不是陌生人,他是我的好朋友……"

齐兰香打断他的话,扯着他的手,扔掉了那半个烤饼,说:"今天回自己家,我和你好好聊聊。聊完再送你去上奥数班,听到没有?"

周存趣看着钟邱沿说:"但是……"

齐兰香已经拽着他的手臂,把他拽走了。

那个晚上,周存趣没能打电话给钟邱沿。他在日记本上写:我是不是该给哥哥道歉。他不是坏人。

只是那天之后,刘小英和齐问迁也觉得盲目信任钟邱沿挺不对的。钟邱沿被拒绝进入亲亲家园三单元五楼的房门之后,就不再来了。周存趣没有机会当面和他道歉。

他和外公外婆坐在餐桌边吃饭,气氛就没之前那么热闹了。三个人又恢复各自低头吃饭的情形。中间刘小英嘟囔了一句,不知道为什么这几个月的电话费奇高。周存趣一口咬到了自己的舌头,痛得伸着舌头差点哭出来。

晚上九点多,他踌躇着,还是坐到沙发上给钟邱沿打去了电话。他很不好意思地说:"哥哥,我可能也不能给你打电话了。外婆察觉到电话费很高。"

钟邱沿笑着说:"没事啊。"

周存趣支支吾吾了一会儿,小声问:"那我想见你,想和你说话怎么办?"

钟邱沿说:"你想见我的时候,闭上眼睛默念哥哥的名字,哥哥就会出现。"

周存趣叹气道:"我又不是三岁小孩了。我不相信这个。"

钟邱沿叫道:"你能不能有点九岁小孩的童真啊。"周存趣捂着嘴笑起来。

周末的英语补习班结束。周存趣坐在第一次见到钟邱沿的公交车车站台上百无聊赖地等妈妈来接。他低头背着线圈本上记下来的单词。过了一会儿,他按了一下自己的毛线帽,真的闭起了眼睛。他默念了一遍钟邱沿的名字,再睁开眼睛,钟邱沿靠坐在一边,揪起周存趣的毛线帽,又给他戴了回去。他问:"周存趣想我了吗?"

周存趣讶异地瞪着他。钟邱沿笑起来。他在周存趣棉服口袋里塞了一盒蘑菇力,然后在齐兰香的车子出现之前,又偷偷跑了。

周存趣晚上坐在台灯底下写作业的时候,也想试试那个魔法。虽然他默念了很多遍钟邱沿的名字,哥哥也没有出现,但他也无所谓地继续写着作业。过一会儿,有手电筒的小光点照到他房间的墙壁上。周存趣疑惑地跳下凳子,走到窗边。钟邱沿在楼底朝他挥手。周存趣兴奋地跳起来也和他挥手。

他们两个互相看了一会儿对方,钟邱沿就骑着一辆老款的摩托车走了。

周存趣开始有点相信钟邱沿可能真是有魔法的人。

他把这些也记在了日记本里。他希望哥哥也能把魔法教给他。这样如果哥哥想他的话,他也可以立刻出现在哥哥面前。他是个很聪明的人,可能一学就会了。

整个冬天,周存趣都和钟邱沿像打游击战一般见着面。周存趣上完课在楼下等着钟邱沿出现,钟邱沿说今天晚上九点,会在楼下双黄蛋爷爷的围棋盘上给他留一份礼物。

于是九点一到,周存趣披着棉服偷偷跑下楼,拿起围棋盘上的大盒子,再跑回家。他盘腿拆开包装纸,里头是一只仿真小猫,打开开关,小猫会灵活地动起来。钟邱沿在小纸条上写着:明天是周存趣小朋友的生日,提前祝你生日快乐!我掐指一算,你好像很想养一只小猫。如果送真猫,太容易被发现了。那就先送一只电动小猫给你,可以吗?

周存趣抱着毛茸茸的小猫钻进了被窝里。他高兴地亲了一口小猫的脑袋,在被窝里翻来翻去翻了一个多钟头才睡着。

他现在确信,钟邱沿真是有魔法的人。

[6]

天气慢慢转暖的四月,周存趣迎来了自己人生的第十个春天。他给那只电动小猫取名叫波妞。周存趣把小猫放在书包里,带去学校给段家豪看过一眼。现在课间时间,周存趣也开始乐于和前后桌的同学闲聊几句,给他们讲讲不会的作业题。

下午的体育活动课。他第一次跟着班里的男同学一起踢足球。他们一群个子矮矮的二年级学生,在足球场上像麻薯一样滚来滚去。周存趣一脚踢空之后,趴到了草地上。

傍晚刘小英载他回家的时候，看到他膝盖上破了皮涂了红药水，还以为他又跟谁打起来了。周存趣解释说："外婆，我踢足球了。"他吸着刘小英买给他的一杯鲜榨甘蔗汁，坐在车后座仰头看着面包树街的街道，两旁的树上长出了新绿。周存趣闭上眼睛，闻着空气里阳光的气味。他第一次感到，时间慢慢过去，长大是一件很好的事情。

钟邱沿在那天晚上又像听到周存趣的召唤一样，出现在亲亲家园三单元的楼下。周存趣跑下楼，扑进钟邱沿怀里。钟邱沿抱着他转了一圈。

他们坐在秋千上聊天。周存趣对钟邱沿讲着这几天他在学校里发生的事。他抬起自己的膝盖给钟邱沿看伤口，又跳下秋千，演示给他看，当时他怎么踩住足球，准备一脚射门的时候踢空了，整个人栽到了球场上，嘴都啃到了草皮。钟邱沿哈哈笑起来，他揉了揉周存趣的头发。

他们就这样，三不五时会偷偷在亲亲家园楼底下见上一面。周存趣读完了二年级，度过暑假的奥数夏令营，在三年级也继续做着成绩稳定的好班长。他第一次和妈妈提出，希望不再学小提琴。齐兰香又惊讶又生气，并没有因此取消他的小提琴课。

周存趣在秋千上晃来晃去地和钟邱沿说他第一次反抗了妈妈。虽然妈妈骂了他一顿，但是他没觉得难过。钟邱沿看着他晃上晃下，说："周存趣真的长大了。"

周存趣眯着眼睛笑了。他说："当然啊。"

四年级的时候，齐兰香决定先给周存趣停掉围棋课。工作日的某一个晚上，周存趣终于有了休闲的时间。他在学校里做完作业，和段家豪约在家附近，一起去书店看闲书。他们有段时间很喜欢看鬼故事。周存趣因此不敢在晚上自己走下黑洞洞的楼道去找钟邱沿。他开着门缝，蹲在门口又害怕又着急。

钟邱沿跑上楼的时候，周存趣已经蹲在门口快睡过去了。他蹲下来，捏了捏周存趣的脸。周存趣猛地醒过来，不好意思地说："楼梯上不知道会不会有无头小鬼,我不敢下去……"

钟邱沿凑到周存趣耳边,压低声音说:"我刚刚上来的时候,在二楼看到了……"

周存趣抓着钟邱沿的卫衣袖子,瞪着眼睛发愣。钟邱沿笑死了。

五年级前的暑假,周存趣被齐兰香送去参加游学营,回来的时候,皮肤黑了两度。五年级第一个学期刚开学不久,午后的第一堂语文课刚上到一半,刘小英突然出现在教室门口,周存趣不明就里地站起身跟着刘小英出了学校。他坐在自行车后座,看着外婆非常艰难地骑在那天莫名拥挤的十月路上。骑到一半,外婆跳下车,边推着自行车边哭了起来。

要强又固执的刘小英疲惫地停在路口,在川流不息的车流中间,低头流着眼泪。

周存趣记得那天,他们终于到达医院。外婆握着他的手坐在走廊的长椅上,周存趣转头看着一个护士推着空空的轮椅慢慢走过去。电子钟上红色的指针慢慢跳往下一分钟。周存趣不知道他们坐在这里是在等待什么。但外婆像失去所有力气般坐着,身上仿佛落了一层厚厚的霜。

过了很久,刘小英动了动,拍拍周存趣说:"外公走了。"

周存趣扭头看她。他的敏感和早熟已经不允许他去问外婆,外公去了哪里。他知道那意思应该是外公在这间医院里去世了。

今天早晨出门的时候,外公还晨起散完步,夹着两份报纸从楼下上来。周存趣蹲在玄关口系鞋带,外公拿报纸敲了敲他的头。周存趣抬起头,在医院走廊上咧嘴哭了出来。

深夜,周存趣拿手电筒朝楼底打着信号。但是不管他怎么默念钟邱沿的名字,钟邱沿都没有出现。

周存趣难过地朝空气轻声说:"哥哥,有魔法可以让外公回来吗?"他又捂着眼睛,呜呜哭起来。

沉静如水的夜晚没有回答。周存趣继续闭起眼睛叫着钟邱沿的名字。

[7]

钟邱沿捏了一下周存趣的鼻子。周存趣睁开眼睛，看着头顶的天花板。钟邱沿问："哥，你是梦到我了吗？说梦话好像叫我名字了。"

周存趣还盯着天花板缓着神。钟邱沿在他面前晃来晃去，问："周存趣，你梦到什么了啊？"

他们下楼去门口的早餐摊吃早饭的时候，周存趣给钟邱沿说了他漫长的梦。他梦到九岁的自己遇上了现在的钟邱沿。大概是因为昨晚他们从电视柜的夹缝里掏出了一本刘小英珍藏着的相册。相册里保存着周存趣从穿尿布到十五六岁的相片。九岁的周存趣个子比同龄小孩要矮一点，他穿一身小西装，努力背着小提琴盒，挺直背脊朝外公的相机微笑。钟邱沿捏着那张相片看来看去，一直叫："这是谁家孩子啊，怎么这么像颗糯米芝麻小汤圆。看看脸上的小酒窝，小嘴巴粉嘟嘟的……"

周存趣都有点受不了他了，脸红着把他手上的照片抢过来，放回了相册里。

周存趣做完梦几天后，钟邱沿特地回了一趟钟家村，把他们家的相册也拿来了。

钟邱沿小时候永远脏兮兮的，身上穿着邱雪梅自己织的毛衣，土黄色粗毛线，在地里滚一圈就变成巧克力色了。邱雪梅在钟邱沿屁股上狠狠打两下，钟邱沿第二天还是会弄得满身满脸脏兮兮地回来。

有一张照片上，钟邱沿左手搭着阿山，右手箍着大鱼，三个人站在钟家村的溪边摆着自以为很帅的姿势。钟邱沿尴尬地迅速合上了相册。周存趣哈哈笑着说："很可爱啊，这是谁家孩子啊，那么帅气。"

钟邱沿嘟囔道："确实是从小帅到大的……"

钟邱沿把自家的相册也放进电视柜里的时候，从夹缝里又摸出了一个泛黄的小本子。他盘腿坐在地毯上，翻开，看到一个小孩子用铅笔端端正正写的日记。

小孩说:外公去世快一周了。这段时间,外婆还是照常叫我起床,急匆匆给我做早饭,然后打点好一切带我去学校。她每天也好好工作着。我觉得,大人真的好厉害。我今天也还是很想念外公。

钟邱沿转头看了一眼站在冰箱边上抬头喝着果汁的周存趣。

钟邱沿那天晚上也做了梦。他梦见刚上小学一年级的自己仍旧穿着那件土黄色的毛衣,坐着钟宝臣的货车进城买过年的衣服。邱雪梅在一边不停地唠叨着:"儿子,今年能做到不和我吵架就把衣服买了吗?"

钟邱沿拿泡泡糖吹着泡泡,说:"我要买很酷的衣服。"

他所谓很酷的衣服,就是羽绒外套前前后后印满了奥特曼。邱雪梅也是搞不懂哪个服装厂一定要设计这种鬼衣服。钟邱沿在儿童服装店看到那件外套路都走不动了,非要买。邱雪梅刚开始还是很耐心地和他解释,这种衣服,明年他就会想扔了。

钟邱沿大叫:"我永远喜欢奥特曼!"

邱雪梅脾气又要上来了。

钟宝臣又开始两边斡旋。

过一会儿三个人都停了下来,看着路边小轿车上爬下来一个拎着小提琴盒的小男孩。小男孩穿着成套的西装,领口别着红色的蝴蝶结。他微微欠身和车里的大人说了几句话,然后拎着琴盒转过了头。

手里抓着奥特曼外套的钟邱沿和手里拎着小提琴盒的周存趣对上了。

钟邱沿看着周存趣慢慢走进了附近的大厦。

他转头和邱雪梅说:"我要买小西装穿。"

邱雪梅说:"我看你是欠揍。"

买完衣服,钟宝臣和邱雪梅还要去送货。钟邱沿自己坐在货车的副驾驶位上舔着一支汽水味的棒棒糖。他趴在车窗上吹风,然后看到那个穿着西装套装的男孩又走出了大厦。

钟邱沿打开车门，跳下车，追上去特别自来熟地打招呼说："哥哥，你好呀。我叫钟邱沿。"

周存趣停下来，低头看着那个矮矮的小孩子。钟邱沿从裤子口袋里掏出另一支棒棒糖塞给他，得意地抹了抹鼻子说："我拿零花钱买的。送你一个。"

周存趣掏了掏自己的口袋，只掏出一支还未用过的铅笔。他把铅笔放在了钟邱沿的手心里。

周存趣站在路边等车那段时间，身边就有颗小跳蚤抓着那支铅笔靠在他身边，和他一起哑巴着棒棒糖。周存趣没怎么吃过棒棒糖，因为妈妈对糖果很反感。

那段时间，外公的去世事情和小提琴考级的压力都令周存趣郁郁不欢。他把棒棒糖从嘴巴里抽出来，看着对街香喷喷的面包店，自言自语道："好好吃。"

钟邱沿跳起来说："对吧！汽水味是最好吃的。这样吧，下次你上课的时候，我要是遇得上你，就再给你带。"

周存趣看着他，过了一会儿，忍不住笑起来。

又过一周，钟邱沿缠着钟宝臣一定要去周存趣上课的那个大厦。钟宝臣那天明明不需要进城送货，但是被钟邱沿缠得实在没办法，只好带着他进了城。

钟邱沿鬼头鬼脑地在大厦门口遛来遛去，一直等到周存趣下楼。他举起两只手用力挥着，叫道："周存趣哥哥！"

周存趣十分惊讶地看着他。钟邱沿掏出一把汽水味的棒棒糖送给周存趣。

他们第二次一起坐着吃棒棒糖，周存趣也开口说了些话。他说他小学五年级了，在市一小上学。妈妈是个音乐老师，所以想从小培养他练习一样乐器。钟邱沿好奇地摸着小提琴盒。

周存趣说:"我拉得不太好……你不介意的话,我拉给你听,算谢谢你送我的棒棒糖。"

钟邱沿点头如捣蒜。

周存趣站起身,架好小提琴,放上琴弓。他拉了半首《梦幻曲》。钟邱沿张着嘴巴,仰头看着闭起眼睛、挺直背脊、很认真拉着琴的周存趣。周围有路过的大人停下来鼓掌,周存趣害羞地立刻放下了小提琴。钟邱沿马上站起身啪啪地鼓掌,兴奋地说:"虽然我听不懂拉得好不好,但是我觉得特别特别好听!真的。"

周存趣笑了。

自此之后,钟邱沿每周有了期待的事。他和大鱼、阿山说,自己在城里碰到了一个长得又干净好看,又会拉小提琴的哥哥。每周他会带着棒棒糖去和哥哥玩。他们就短暂地边分享零食边闲聊天。那段时间对于钟邱沿来说十分珍贵。

他再长大一点,周存趣已经升上了实验中学,小提琴课时间一再调整。钟邱沿顽强地跟着调整时间去找他。周存趣上完两个小时的课,开始期待走下楼,看到那个百无聊赖蹲在大厦门口等他的小朋友。

钟邱沿看到他走出大厦,会立刻跳起来,跑过来迎接他。

那天,周存趣给了钟邱沿两张音乐会的邀请券。那场音乐会他会和老师一起上台表演。

音乐会的夜晚,钟邱沿特地穿了自己最好最贵的一套衣服,由邱雪梅带着走进城里的人民大礼堂。他抬头看着高得晃眼的天花板,小心翼翼地坐在套着红色椅套的位置上。礼堂里开足了冷气。钟邱沿惶惶然地望着来往走动的大人。

灯光暗下来的时候,他还在发呆。

一束追光打到舞台上。周存趣放好小提琴,闭着眼睛,站在光圈里面。钟邱沿几乎屏住了呼吸。周存趣忽然睁开眼睛，拉动了琴弓。那天晚上，钟邱沿发现，原来音乐会有颜色和气味，会有演奏者的体温。

音乐会结束，钟邱沿牵着妈妈的手走出大礼堂。周存趣正好如他第一次见面那样，穿着西装套装，拎着自己的小提琴慢慢从侧门走出来。他也看到了钟邱沿，他们相视一笑。钟邱沿举起手里的棒棒糖挥了挥，说："周存趣哥哥！送给你。"

钟邱沿醒过来。周存趣没在房间里，钟邱沿起身，周存趣懒洋洋地靠在阳台上，手里拿着一个咖啡杯。

钟邱沿走过去，出其不意地从背后捂住了周存趣的眼睛，周存趣被他逗笑了，推了他一把说："去刷牙洗脸。"

钟邱沿说："我昨晚也梦到你了。"

周存趣问："梦到我什么？"

钟邱沿嘿嘿笑着说："梦到我们一起吃汽水味棒棒糖。"

周存趣也笑起来。

♥Hot Soup♥

♥Soft Bread♥

热汤软面包的圣诞套餐

RETANG RUANMIANBAO DE SHENGDAN TAOCAN

Merry Christmas

钟邱沿之前和周存趣说过，他小时候养过一只大土狗叫钟咕咕，咕咕在他十六岁的时候去世了。当时钟邱沿刚念高一，蹲在自己家院子里号啕大哭。钟邱沿摸了摸鼻子，和周存趣说："成为男人之后的最后一哭……"

　　周存趣扑哧一声笑了，差点把嘴里的半块牛腩吐出来。

　　反正就是，咕咕去世之后，钟邱沿就拒绝养一切小动物了。但是最近，邱雪梅不知道从哪里抱来了一只小土狗，取名叫钟邱邱。

　　十二月初，钟宝臣腰伤复发，这次特别严重，人是打120从村里直接拉进城的。邱雪梅火急火燎地拎着生活用品袋刚挪上救护车，又跳下车捞起邱邱一起坐进了车里。

　　于是下午钟邱沿开车到医院去的时候，就看到邱雪梅一只手夹着一只狗，另一只手艰难地在那儿填表单签字。护士小声地和钟邱沿嘀咕："和阿姨说了，病房区域不能带宠物入内。她就说是毛绒玩具狗……"

　　钟邱沿把邱邱拽出来，放到了自己怀里说："邱雪梅，没收你的狗。"

　　邱雪梅叫道："它是我小儿子！你谁啊。"

　　傍晚，周存趣下班，带了饭去医院。钟邱沿已经把邱邱先送去了大山家寄养。他和邱雪梅两个人在钟宝臣床头拌嘴。

　　钟宝臣很努力地插话："好了……你们声音轻点，雪梅啊，嘟啊……"

　　周存趣开门进去，和钟邱沿扬了扬头说："我从店里打包了一点吃的过来，铺桌子吧。"

　　钟邱沿和邱雪梅两个人终于安静下来，手脚麻利地铺了小餐板准备一起吃饭。他们四个人挤在病房里，慢慢吃着饭。钟邱沿把饭盒里的芝麻小球放了一颗到周存趣碗里说："这是昨天新上的小食，你尝尝啊？"

周存趣点点头。他们坐在另一张空床铺上,边吃饭边凑在一起闲聊。

钟宝臣看了他们一眼,又低头去看手里的饭。他二十五岁的时候遇到了比他大两岁,丧夫又有小孩的邱雪梅。他那个时候自己一个人在城里的电器厂打工,因为无父无母,性格又十分木讷,到那个年纪也还没人跟他谈对象。

有天去菜市场买菜,从后门走出去的时候,看到了这么一个穿着高帮胶鞋在择菜洗菜,身上黏着烂菜叶,但是和旁边鱼铺老板嬉笑谈天,笑得十分开心的女人。钟宝臣感觉像被阳光照了一下。

他们谈对象那会儿,钟宝臣去邱雪梅的小出租房,钟邱沿蹒跚着小脚,绕着他的脚和自己妈妈玩捉迷藏,被找到了特别心急,急得要顺着钟宝臣的腿爬上去。钟宝臣笑着把他抱起来,放在了自己肩上。

他们后来回乡下生活遭受过很多非议,特别是钟宝臣没再和邱雪梅生一个自己的小孩。他们背地里都说他是个十分傻的人。钟宝臣想,他本来就不是太聪明的人,无所谓。

钟邱沿小时候和邱雪梅干架的时候,满脸鼻涕眼泪地和钟宝臣说:"我以后才不会娶一个像我妈这样的人。你是世界上最惨的人。"

钟宝臣哈哈笑了。他拿纸巾拧了一下钟邱沿的鼻子,说:"可以啊,你要找你喜欢的人。"

钟邱沿点点头。

晚上,钟邱沿和周存趣回家前,先去大山家把邱邱接了回来。邱邱小小一只,躺在周存趣怀里。等到了家,周存趣坐在沙发上看书,邱邱又蹭上去,爬到他腿上盘好了。钟邱沿在厨房煮夜宵,拿着勺子探头出来,邱邱把头靠在周存趣肚子上,非常舒服地睡着了。

钟邱沿小声喊道:"哥,你把邱雪梅小儿子打下去……"

周存趣笑着低头顺了顺邱邱的毛。

他们坐在餐桌边吃夜宵的时候，邱邱已经睡好了一觉，蹲在餐桌底下咬周存趣的拖鞋。钟邱沿让周存趣尝尝他准备放进圣诞套餐里来卖的菜品。有一道是圣诞老人和牛锅。小火锅炖煮着，钟邱沿给周存趣的碗里夹着和牛，说："小时候我都一直相信有圣诞老人，因为邱雪梅和钟宝臣会给我准备圣诞礼物。虽然要的高档游戏机可能只是镇上游戏商店卖的。他俩就编各种瞎话骗我，然后陪我一起玩……所以我一直觉得圣诞节不错……"

钟邱沿讲到一半，邱雪梅打视频电话到周存趣手机上笑眯眯地问："存趣啊，我们邱邱还好？"

周存趣把盘在他腿上的邱邱捞起来给她看。

邱雪梅说："你不要让邱邱哥哥欺负它啊。"

周存趣笑着说："不会的，我会保护它。"

钟邱沿在餐桌那头大叫："你们怎么孤立我啊。"

钟宝臣躺在病床上笑到咳起来。

RE DE TANG,

RUAN DE MIANBAO

图书在版编目(CIP)数据

热的汤，软的面包 / 姜可是著. -- 武汉：长江出版社, 2025.6. -- ISBN 978-7-5804-0119-9

Ⅰ.I247.5

中国国家版本馆CIP数据核字第2025FW1074号

热的汤，软的面包 / 姜可是著
RE DE TANG,RUAN DE MIANBAO

出　　版	长江出版社
	（武汉市解放大道1863号）
选题策划	妙绝文化
市场发行	长江出版社发行部
网　　址	http://www.cjpress.cn
责任编辑	陈　辉
特约编辑	蜜　糖
印　　刷	湖南天闻新华印务有限公司
版　　次	2025年6月第1版
印　　次	2025年6月第1次印刷
开　　本	880mm×1230mm　1/32
印　　张	6.5
字　　数	168千字
书　　号	ISBN 978-7-5804-0119-9
定　　价	45.80元

版权所有　盗版必究，如有质量问题，请联系本社退换
电话：027-82926557(总编室)　027-82926806(市场营销部)